沈黙のちから

若松英輔

目次

I 詩について

II 言葉の終わるところで

Ⅲ 信じるということ

I

詩について

悲しみに出会う

冷たい風が肌を突き刺すようなあの日、悲しみとは何かを知った。それまでは、悲しさという概念を頭で理解していただけで、己れの悲しみを生きてはいなかった。大きな悲しみもなければ、小さな悲しみもない。存在するのは、ただ一つの悲しみであるという素朴（そぼく）な事実を知らなかった。人生には、悲しみという扉を開けなくては知り得ないことがあることも、また、悲しみは悲しみのままでは終わらないことに気がつくのにも、短くない時間が必要だった。

あるときまで、詩を書くことなど考えもしなかった。必要がなければ詩を読むことすらしなかった。詩を書こうと思ったのではなかった。気がつけば詩を書いていた。振り返ってみれば、詩を書かねば一歩も前に進めないところに立っていたのである。

詩を書かねばならない地点とは、目に見える文字が伝える意味とは異なる、もう一つの意味、隠された意味にふれなくてはならない人生の時でもある。

文字の奥にある隠された意味の領域を、空海（七七四〜八三五）は「深秘（じんぴ）」と呼んだ。生の深みには言葉では捉えきれない何かが潜んでいるというのである。

記号としての意味と深秘の意味のあいだには超えがたい差異がある。深秘の境域では矛盾が矛盾のまま真実になる。

たとえば、亡くなったあの人は、あの日、亡くなった。だが、今も姿を変えて生きている。そうしたことを感じるのも深秘の世界である。

深秘への扉が開くとき、人は詩人へと変貌する。茨木のり子（一九二六〜二〇〇六）もそうした経験を生きた一人だった。彼女の「最後」の詩集『歳月』に「夢」と題する作品がある。そこで彼女は、愛する亡き者の姿を切々と歌い上げる。

隣のベッドはからっぽなのに
あなたの気配はあまねく満ちて
音楽のようなものさえ鳴りいだす
余韻
夢ともうつつともしれず
からだに残ったものは
哀しいまでの清らかさ

やおら身を起し
数えれば　四十九日が明日という夜
あなたらしい挨拶でした
千万の思いをこめて
無言で

どうして受けとめずにいられましょう
愛されていることを
これが別れなのか
始まりなのかも
わからずに

（茨木のり子『歳月』花神社）

誰かが、この出来事の一部始終を目撃したとする。だが、その者が目にするのは、ベッドで静かに横たわっている彼女の姿に過ぎなかっただろう。

しかし、詩人の内面では、亡き伴侶の気配が感じられるだけでなく、彼女は強く抱きしめられたという実感さえある。そればかりか耳には聞こえない音楽が二人を包んでいる。そして詩人は呟（つぶや）くように、これは新しい出会いと愛の始まりなのかもしれない、と書くのである。

文字の上では「別れなのか／始まりなのかも／わからずに」と記されている。読者の目はその文字を読む。だがその一方で、もう一つの眼は、ここに終わりのない始まりという理性を超えた現象をつかみとる。抱きしめられたのは詩人の肉体というよりも魂であることを知る。

彼女が伴侶である三浦安信を喪ったのは、一九七五年、結婚して二十七年目、彼女が四十九歳になる年のことだった。先の詩にあった出来事が四十九日に近い日だとする。『歳月』に収められた作品は、それ以後、彼女が二〇〇六年に亡くなるまでのおよそ三十年のあいだ、ゆっくりと書き継がれていったのだろう。

『歳月』という書名は茨木が付けたものではなかった。この詩集の草稿は、表に安信の名前を示す「Y」とだけ書かれたボール紙の書類ケースに入っていた。詩人の没後に発見されたのである。

その箱を見たことがある。それは詩の原稿を入れたものというよりは、愛する者への手紙を収めた秘められた箱のように思えた。

詩は手紙である

むかし、短歌は生者が亡き者たちへ送ろうとする手紙だった。返事は来ない。はじめからそう思って書くのである。亡き者たちをおもう、声にならない呻(うめ)きが、いつしか歌になった。

詩もまた、しばしば手紙になる。ある人にだけ読み解かれるような、秘密の意味を宿した言葉になる。

詩は詩人によって書かれるとは限らない。詩人だけが詩を書くのではない。詩を書いた人が詩人なのである。

この事実も、短歌の歴史によって証明されている。『万葉集』や『古今和歌集』には作者不明の民衆の歌、「東歌（あずまうた）」が収められ、「よみ人しらず」の歌もある。手紙を書くのに何の資格もいらないように、詩歌をつむぐことに何の条件もない。

言葉を知らない。真剣に詩を読んだことがない。そういう人たちとどれほど言葉を交わしてきたか分からない。

詩を書いたことがない、というのは詩を書けないということと同じではない。そして、書く必要がないということとも違うのである。

詩歌は生活と人生の告白であり、祈りである。真に告白するとき、真に祈るとき、人はどこかから借りてきたような言葉を用いない。その人が生きてきた言葉で語る。そうした言葉だけが、人の胸を打つことを知っている。

詩は「うまい」言葉で書いてはならない。「うまい」言葉は、いつも誰かの言葉に似ていて、その人の真実を覆い隠すからである。

悲しみを生きるとき、詩歌はその人の近くにある。だが現代人はそのことを忘れている。古（いにしえ）の時代、耐えがたい悲しみから歌は生まれてきたのである。

短歌の淵源を一つに限定することはできないとしても、挽歌――亡き者たちを悼む歌――がそこに重要なはたらきを持つという見解は、これまでもつとに示されてきた。中国文学の研究者であり、『万葉集』の研究者でもあった白川静（一九一〇～二〇〇六）も挽歌に短歌の起源を感じる一人である。

「短歌としての声調の成立が、比較的に古い挽歌のうちに見出されることは、注意すべき事実である」（『初期万葉論』）と白川はいう。

歌は、その発生から三十一文字だったのではない。『万葉集』にはいくつもの、数十行にわたって詠まれた長歌がある。長かった歌が、いつしか三十一文字の短歌へと収斂していったのである。

人はかつて、語り終わらないおもいを、多く文字を重ねることで表現しようとした。終わりがないことを知りながら言葉をつむいだ。しかし、いつからか文字だけではなく、そこに生まれる沈黙と余白によって歌う道を切り拓いていった。

そこで重要なはたらきを持ったのが、声の調べ、「声調」だったと白川はいう。歌は文字で書かれ、目で読まれるだけでなく、声によって読まれ、聞く者たちの胸で受け止められていたのである。

現代人は文字をよく読めるようになった。だが、文字を読めるようになったため に、胸で深秘の意味を受け止めるのを忘れるようになったのかもしれない。優れた 歌は、歌人の胸中にあるものを伝えるだけでなく、歌の起源に読む者たちを導いて いく。それは「おもい」が言葉になる以前の場所、「おもい」が「思い」や「想い」 あるいは「恋い」や「念い」といったさまざまな姿を帯びる以前の世界でもある。

それは、「かなしみ」が「悲しみ」という姿をとる以前の深秘の地平でもある。「言葉」と題するエッセイで小林秀雄（一九〇二～一九八三）は、悲しみと歌の起源をめぐって次のように書いている。

悲しみ泣く声は、言葉とは言えず、歌とは言えまい。寧ろ一種の動作であるが、悲しみが切実になれば、この動作には、おのずから抑揚がつき、拍子がつくであろう。これが歌の調べの発生である、と宣長は考えている。

（小林秀雄「言葉」『考えるヒント』文春文庫）

「慟」は「慟む」、すなわち「悼む」ことを意味する。「哭」は、張り裂けんばかりの声で獣のように哭くことを指す。だが、慟哭しているだけでは言葉にならない。そもそも慟哭をもたらす心情は言葉に置き換えられるのを拒むところがある。

しかし、そうした状況だからこそ、人は文字や声になる言葉とは異なる、もう一つのコトバを探す。コトバはときに命綱にもなる。

哲学者の井筒俊彦（一九一四〜一九九三）は、文字や声で感覚できる言語としての言葉とは異なる意味の顕われを「コトバ」と書き、自己の哲学の核に据えた。多くの人にとってコトバは言語だが、画家にとってそれは色や線になる。音楽家にとっては旋律や和音がコトバになり、彫刻家にとっては形や姿がそのはたらきを担う。香りにコトバを読み取る人もいる。

場がなければ絵を描くことができないように、沈黙がなければ音楽を奏でることはできない。空間がなければ彫刻を置くことはできず、香りが舞うこともない。色、音、香りなど私たちが感覚するものはすべて、余白によって包み込まれている。

宮澤賢治（一八九六〜一九三三）に「無声慟哭」という詩がある。天空を揺るがすほどの声になるはずの慟哭なのに、声にならない、というのである。

言葉にならない慟哭を、賢治は余白と沈黙というコトバによって歌い上げた。それを読む者もまた、言葉だけでなく、そこにコトバを感じなくてはならない。難しいことではない。私たちは大切な人からの手紙をいつもそうして読んでいる。書かれたことだけでなく、書かなかったこと、書き得なかったことを受け取ろうと静かに読みを深めるのではあるまいか。

悲しみから愛(かな)しみへ

悲しみにあるとき人は、言葉を探す。避けがたい悲しみに生きる意味を与えてくれる言葉を本能的に探し求める。だが、その一方で、この悲痛を和らげる言葉は、どの辞書にも載っていないことをどこかで感じている。

悲しみの道を歩いていたとき、慰めの言葉らしきものを探したがうまくいかなかった。悲しみを慰めるちからは、ほかでもない「かなしみ」という言葉そのものにあったのである。このことを知るまで、三年ほどの月日が必要だった。

その道ゆきで『論語』に出会い直した。孔子（前五五二／前五五一～前四七九）は礼を重んじる。なかでも亡き者への礼をゆるがせにしない。

『論語』には喪（も）の期間が三年である理由が述べられている。だが、孔子の時代からすでに、三年は長いのではないかという意見があった。

三年も悲しみの日々を生きなくてはならないとしたら社会生活に支障がでる。弟子たちのそうした合理的な判断を孔子は受け容れない。むしろ、それは頭で考えたことに過ぎないと戒（いまし）める。

三年という歳月にも幾多の人たちの経験が宿っている。三年が経過すれば悲しみが癒える、というのではない。三年間のどこかで、耐えがたい悲痛が変容を始める。「悲しみ」が「愛しみ（かな）」へと姿を変えるのである。

> モオツァルトのかなしさは疾走する。涙は追いつけない。涙の裡（うち）に玩弄（がんろう）するには美しすぎる。空の青さや海の匂いの様に、「万葉」の歌人が、その使用法をよく知っていた「かなし」という言葉の様にかなしい。
>
> （小林秀雄「モオツァルト」『モオツァルト・無常という事』新潮文庫）

悲しむ者は涙を流すと思い込む。あるいは涙を流す者を見て、そこに悲しみを認める、というのが現代かもしれない。だが小林は、そうした常識に強く抗う。真に悲しむとき、その深まる動きに涙は追いつけない、と小林はいう。彼の言葉が真実なら、微笑みを絶やさぬように生きながら、悲痛の谷を歩く者もいることになる。

この言葉に出会ったのは十代の中頃だった。だが、その真意を理解し始めたのは、それから四半世紀以上のあとだった。

万葉仮名で記された「かなし」はのちに「悲し」、「哀し」、「愛し」、さらには「美し」も「かなし」と読み解かれていく。

誰が詠んだのか分からないが、『万葉集』には「愛し」の境涯を歌った次のような一首がある。

愛し妹を　何処行かめと　山菅の背向に寝しく　今し悔しも

（三五七七　中西進『万葉集　全訳注原文付（三）』講談社文庫）

注釈者の中西進（一九二九〜）によると「山菅」とは「根が反対方向に広がる様子」を示す詞であるという。

意訳すると「どこへいくはずもない、いつもそばにいる、そう思い込み、山菅のように背中合わせに寝たことが、今となると痛いほどに悔しく感じられる」ということになる。

男は妻との日常がいつまでも続くと信じて疑わなかった。だが、現実は違った。妻は逝き、男は平凡な日常がかけがえのない日々だったことを知る。男は悲しむ。同時に自分がどれほど妻を愛しく思っていたのか発見する。それは自分がどれほど愛されていたかの気づきでもあった。

悲しみは、何かを失ったときに生まれる感情ではない。それは愛する何かが失われるときにだけ生まれる。人は悲痛を胸に抱くことによって、自分が失ったものを愛していたことを認識する。

そのことを万葉の歌人たちは見過ごさなかった。むしろ、彼らにとって悲しみは、愛しみに包まれている心情だった。

『万葉集』では、悲しみが深まるとき「愛（かな）しみ」になり「美（かな）しみ」にもなる。「愛し」は「うつくし」と読まれることもある。「かなしみ」は、秘められた情愛の発見に人を誘うだけでなく、秘められた美を照らし出すというのだろう。

悲しみの門をくぐった者は、目の奥にもう一つの眼を開く。己れの悲しみを生きながら、それまで感じることのなかった他者の悲しみに呼応するようになる。悲しみは人と人をつなぐ。

他者の悲しみを理解するのではない。悲しみは、悲しむ本人にも解き明かせない謎である。理解するという理性の営みを超えて、共振するのである。

目で見る者に、悲しむ者は硬い殻に閉じこもっているように映るかもしれない。しかし眼で視（み）る者は、「悲しみ」のその底に、いつも「愛しみ」があることを見過ごさない。

詩を読む、詩を書く

喉に渇きを感じれば水を探す。それに似て、魂に渇きを感じるとき人は、言葉を求める。

言葉はいのちを癒やす水であると『新約聖書』の「ヨハネによる福音書」（4・13―14）に記されている。そして、その水が湧き出る泉は涸(か)れることがない、という。

イエスは答えて仰せになった、

「この水を飲む人はみな、また喉(のど)が渇く。

しかし、わたしが与える水を飲む人は、
永遠に渇くことがない。
それどころか、わたしが与える水は、
その人の中で泉となって、
永遠の命に至る水が湧き出る」。

（フランシスコ会聖書研究所訳注）

人は詩集においてのみ、詩に出会うのではない。『新約聖書』だけでなく、仏教はもちろん、イスラームを含め、世に聖典と呼ばれるものには、しばしば詩が隠れている。

聖典のコトバによって人は、大いなるものとのつながりを取り戻そうとする。だが、言葉にのみとらわれると、その道が見えなくなることがある。そうした現象は、詩を文字によって読もうとするとき、表層の世界に閉じ込められるのに似ている。

危機にあるとき人は、大いなるものに自分のおもいを届けたいと願う。助力を強く願う。だが同時に、見えない壁を感じ、どんなに叫んでも声が跳ね返されるような気がする。大いなるものの存在すら感じられないということもあるだろう。声を出せば出すほど、大いなるものとのあいだに距離が生まれる。「神」は、どのような声を聞くのか、『旧約聖書』「詩編」（12・6）にはそれを明らかに示す言葉がある。

主は仰せになる、
「哀れな者のすすり泣きと、
貧しい者の呻き（うめ）の故に、
今こそ、わたしは立ち上がり、
脅された者を安全な所に置こう」。

（フランシスコ会聖書研究所訳注）

人は誰かの前で呻くことはできない。人前で行い得るのは嘆きであって、呻きではないからである。呻くとき、人はいつも独りである。ある人は、神の前に独りだというかもしれない。

そして、独りでいるときに発せられる、声にならない声を、神は決して聞き逃さない。そして、その呻きの秘められた祈りを必ず受け止める、というのである。

詩の言葉は嘆きを描く。だが、詩のコトバ――すなわち余白と沈黙――は呻きを運ぶ。人から人の心へと、あるいは生者から死者へ、死者から生者へ、さらには人から神へとおもいを運ぶのもコトバである。

詩人は嘆きを描くだけでは十分ではない。そこには秘められた呻きがなくてはならない。読み手は嘆きを受け取るだけでもいけない。そこには書かれざる呻きがある。

詩歌があるところには必ず余白と沈黙がある。むしろ詩歌を書くとは、言葉によって、余白の語りと沈黙の響きを現成(げんじょう)させることだといえる。

長歌から短歌への変貌の道程にあったのも簡略化ではない。余白と沈黙にはたらきの場を与えようとする試みである。詩は目だけで読むのではない。それは全身で余白のうごめきと沈黙の呼びかけを感じようとすることである。

文字が読めれば、意味を理解できるわけではない。人生という言葉は誰もが知っている。しかし、人生とは何かを知る人は少ない。また、人は、言いたいことを言わないことも言えないこともある。書かないことも、書けないこともある。詩を読むとは、書かれなかったコトバを受け取ることにほかならない。

詩を書く者たちは、言葉とコトバで詩をつむぎながら、不可視な文字を視る読み手の出現を待っている。そうした人物は、同時代ではなく、自分が世を去った未来になるまで現れないかもしれないことを覚悟しつつ、手を動かす。詩は、宛名のない手紙なのである。

読むことと書くことは呼吸に似ている。読むことは吸気、すなわち吸うことであり、書くことは呼気、吐くことである。呼吸を分けることはできない。短時間なら呼吸を止めることもできるが、それでは生きられない。

読むと書くとの関係も、かつてはそうだった。印刷技術が浸透する以前まで、本を読むとは、人から書物を借りて、それを書き写すことを意味していた。

詩を書くことにためらいがあるなら、詩を読み、書き写すことから始めるのがよいかもしれない。世界にただ一つの「詩選集（アンソロジー）」を作るのである。

たとえば、ひと月かけてゆっくり一冊の詩集を読む。夜、寝る前などの時間に数編の詩を読むことを日課にする。そして、その詩集から二つ三つの詩を選び、ノートに書き写す。これを一年間続けていくと、二十四編から三十六編の詩が選び出されることになる。そこに二つ三つの自分の詩を添える。

そうして生まれた「詩選集」は、姿を変えた自伝になる。そして世にただ一つの贈りものにもなる。

大切な人に物を贈るのもよい。だが、本当に世にただ一つのものを、そして、朽ちることがないものを贈りたいと願うのであれば、言葉がよい。自分の人生で裏打ちされた言葉ほど稀有（けう）なるものはない。

贈る相手が生者ではなく、死者であったとしてもである。文字を記した紙が無くなることはあるかもしれない。しかし、書くことによって生まれ、読むことによって受け止められたコトバは決して消えない。その胸のなかで時間の次元を超えて生き続けるからである。

消えない記憶

真の意味で書くとは、頭のなかにあることを言葉にすることではない。むしろ人は、書くことによって自分が何を考えているのかを知るである。

そして、真の意味で読むとは、言葉の次元を超え、コトバの世界で、それを書いた者と無音の対話をすることにほかならない。

言葉たり得ないことを言葉によって表現する。ここに詩人たちのたたかいがあった。この矛盾的な営みに意味とちからを与えることに、その生涯を賭(と)していたのである。

喜怒哀楽という言葉だけでは、感情を十分に表すことはできない。だからこそ、人は喜び、歓び、悦び、慶び、というように「よろこび」にも複数の漢字を当てるようになった。

「かなしみ」にも異なる四つの姿があるのはすでに述べた。中原中也（一九〇七〜一九三七）はさらに「愁み」という文字を「かなしみ」と読ませている。

柱も庭も乾いてゐる
今日は好い天気だ
椽（たるき）の下では蜘蛛（くも）の巣が
心細さうに揺れてゐる

山では枯木も息を吐く
あゝ今日は好い天気だ
路傍（ばた）の草影が

あどけない愁（かなし）みをする

これが私の故里（ふるさと）だ
さやかに風も吹いてゐる
心置なく泣かれよと
年増婦（としま）の低い声もする

あゝ　おまへはなにをして来たのだと……
吹き来る風が私に云ふ

（「帰郷」『中原中也詩集』新潮文庫／岩波文庫）

引いたのは、生前に刊行された唯一の詩集『山羊の歌』に収められた「帰郷」と題する作品の一節である。中也は、故里の声を聞く。その声は耳にではなく、心耳（しんじ）に響く。白川静ならそれを地霊の声だといっただろう。この声はそっと「心置なく泣かれよ」と詩人の心耳に囁くようにいう。そして「おまへはなにをして来たのだ」と寄り添うように語りかける。

詩は二度読むとよい。一度目は黙読、二度目はできるなら音読をする。現代人は文字をまず知性で読み解こうとする傾向がある。文字は知性で読めるが、コトバを読み解くには感性の助力を得なくてはならない。

ここでの「愁み」は、単なる哀愁の念を意味しない。それはいつ、どんなときも変わらないものに接したときに湧き上がる郷愁の情にほかならない。何かなつかしいものにふれたときによみがえる、不朽の心情である。

中也がこの詩を、いつ書いたのかは分からない。故郷の山口県の湯田温泉に戻ったときに、というのが穏当な理解だろうが、「これが私の故里だ」という一節が持つ響きは、そこに留まらない読みを許している。この詩は外なる故里ではなく、内なる故里を強く想起したときに生まれたのではあるまいか。

人は誰も、地図上で確かめられる故郷とは別な、目には見えない内なる場所を胸に抱いて生きている。苦しいとき、悲しいとき、人はそこでそっと憩うことができる。亡き者たちと沈黙の対話を交わすのも、この内なる故里である。

悲しみの経験から癒えていくとき、多くの人が、ある抗しがたい不安に襲われる。苦痛と悲痛の経験を忘れることによって、自分を守ろうとしているのではないか。あの大切な人、あの大切な場所、そして大切な記憶さえも手放そうとしているのではないか。そんなどこからともなくやってくるおもいに心を占められる。

だが、生者に課せられているのは、亡き者たちとの日々を記憶し、追憶することよりも、亡き者たちとの新しい日々を生きることなのではないだろうか。

記憶はしているが、生きてはいない。そうした知識や情報は私たちのなかに蓄積している。死者たちとの日々がそうなることなど、誰も望んでいない。だが、それらの日々を全身で生き始めたとき、人は、もっとも高い意味において、それを「忘れる」のである。

どの日よりも和やかに在らしめられた日
ごく在りふれた花のようでいて

香り高くあふれるものを
満たしていたひと日

杏子の蕾がすこしふくらんで
そう
この
かずならぬひと日と
このように対(む)き合うまで
私達は
いくつの日と
いくつの月と
いくつの年がいったことだろう
そして
最も豊かな日は

忘れ去られるために光ります

（塔和子「かずならぬ日に」『希望よあなたに　塔和子詩選集』編集工房ノア）

塔和子（一九二九〜二〇一三）がいう「忘れ去られる」は、ある日々の記憶を忘却し、顧（かえり）みないことを指すのではない。むしろ、その対極にあることが描かれている。それは、記憶の在りかを、魂の部屋というべきところにそっと置き換えることを意味する。

愛する人、愛する場所の記憶も、外界ではいつしか消えていく。だが、内なる世界では色褪（あ）せることなく、輝き続ける。

大切なものをいつでも目の届くところに置くのもよい。だが、それを誰の目にもふれないところに、そっと置くこともある。

人は大切な日の出来事を、そうした場所に置いたことを「忘れる」ことがあるかもしれない。だが、それは記憶が消え去ったのでも、手放したのでもない。意識という移ろいやすい場所ではなく、万葉の歌人たちが「魂」と呼んだ場所で、それらの出来事と強く結ばれ直そうとしているのである。

日常生活に忙殺され、時代を生きるなかで大きな困惑を覚えるときでも、また、意識が「忘れている」ときであっても、過ぎ去ることのない永遠の日々は、心の深部から私たちを見つめ、守り続ける。

「忘れる」、それは悲しみが愛しみへと新生する道行きで経験される出来事にほかならない。

詩と出会う

ある日、群馬県の高崎市でタクシーに乗った。行先は、歌人で万葉学者でもあった土屋文明の名前を冠する文学館（県立土屋文明記念文学館）で、駅から車でも三十分ほどかかる場所だった。

運転手は、私に姉がいたらというほどの年齢の女性で、そんなところに何をしにいくのかという。

目的は、群馬県に生まれた詩人大手拓次（おおてたくじ）（一八八七〜一九三四）の展覧会を見るためだった。

北原白秋、萩原朔太郎と同時代人で、彼らにも詩人としての力量を高く認められ、多くの詩を書いたが、生前は詩集を出さずに亡くなった。没後二年。遺稿集『藍色の蟇（ひき）』が刊行された。

大手拓次は、広く知られている詩人ではない。しかし、近代日本を代表する詩人である。表現者として秀でていただけでなく、詩学、すなわち詩の生成と発展のことわりを語り得る、稀有な人物の一人だった。

「しなびた船」と題する作品には、深甚（しんじん）なる悲願が描き記されている。

海がある、
お前の手のひらの海がある。
苺（いちご）の実の汁を吸ひながら、
わたしはよろける。
わたしはお前の手のなかへ捲きこまれる。
逼塞（ひっそく）した息はお腹（なか）の上へ墓標（はかじるし）をたてようとする。

灰色の謀叛よ、お前の魂を火皿(ほざら)の心(しん)にささげて、
清浄に、安らかに伝道のために死なうではないか。

（「しなびた船」『大手拓次詩集』岩波文庫）

この詩人にとって詩作とは、人々の心の奥に詩情を届ける「伝道」だった。彼はボードレールを愛し、キリスト教、ことにカトリックの霊性を深く理解していたが、彼の詩情のほとばしりはそこに収まらない。宗教という枠を超えて、人と人、人と世界を和解させるはたらきを持つものだった。

次に引く詩には、どこまでも民衆の心に寄り添いたいという、プロレタリア文学の先駆者の面影をかいま見るような心地がする。

一人の生きるために、
万人の生きるために、
民衆のうへにみどりの火をかざせ。

一人の死をとむらふために、
万人の死をとむらふために、
民衆のうへに青銅の鉦(かね)をならせ。

（「一人のために万人のために」前掲書）

この詩人が謳(うた)う「民衆」という一語には、複雑な時代背景がある。今日では「人々」と同じ意味に用いられることが多いが、当時は、非上流階級の人々、資本家や権力者によって虐げられている人々という語感があった。

当時、日本は、マルクス主義を背景にし、プロレタリアート（労働者階級）の権利回復と自由を明確に打ち出したプロレタリア文学の全盛期だった。

マルクス主義者の多くは、「宗教は阿片である」というマルクス主義に従い、宗教を否定し、非難さえもした。しかし、宗教の意味を深く理解していた大手は、プロレタリア文学の理想を声高に叫ぶ人たちと道を同じくすることはできなかった。

民衆を本当の意味で救うのは「パン」だけではない。魂を浄める「みどりの火」がいる。死者となった個々の民衆に慰めを送るために必要なのは儀礼だけではない。切なる祈りによって鳴らされる「青銅の鉦」がなくてはならない、そう彼は信じた。詩人は、あらゆる思想から自由でなくてはならず、さまざまなものと共振できる空間を己れの内界に蔵していなければならない。それが、大手の信念だった。

運転手の女性は、大手拓次の名前を聞いたことがないと言い、地元にそんな人がいるとは何か誇らしい感じもすると語った。しかし、すぐあとで、彼女は胸につかえていた何かを吐きだすように、こう話し始めた。

「私は、詩が嫌い。だって詩というのは、自由に読んじゃいけないんでしょ?」

語調は、客と運転手で交わされるものよりも、もっと砕けたものだった。話しぶりから詩をめぐって、ある種の恨みに似た思い出があるのはすぐに分かった。

小学生のとき彼女は、授業である詩を読んで、強く動かされる。それまでにない種類の感動で、その喜びは、壮年の彼女にも鮮烈によみがえってくるというほどだった。授業中に、たまたま教師から感想を聞かれ、湧き上がるおもいを制御できないまま語る。すると言下に、それは間違っていると断定された。それ以来、詩も国語も嫌いになったという。

詩とはそもそも、言葉では捉えられないものを、言葉で示そうとする営みだから、その感想を口頭で言わせようとする行為には根本的矛盾がある。

さらにこの教師は、生徒が語ったことばかりに気を取られ、子どもが詩に感動し、言葉にならないおもいと共にあることを完全に見過ごしている。

「それは本当に大変な思いをされましたね。しかし詩は、もっと自由に読んでいいものだと思います。詩の場合、正しい読み方、というのは存在し得ないと思います」と言うと、この女性は、少し驚いた様子で、さらに小学生の頃の感動をいきいきと語り始めた。

「ほんとうは詩が好きなんです。子どものころは詩を読むと、心のなかに何とも言えないきれいな何かが拡がったんです」

そんな話を聞いているうちに目的地に着いた。

「お帰りはどうなさるのですか」と彼女が尋ねる。

「また、タクシーを呼びます」と応えると、メーターを止めるから待っていてもよいかという。

「もう少し話したいことがあるんです」と彼女は言葉を添えた。

一時間ほどで展覧会を見終えて戻ってくると、彼女は、今まで胸にしまっておいたことを一気に吐露（とろ）するようにこう語り始めた。

「小学校のときに先生に違う、って言われて、詩も国語も嫌いになって、ついでに勉強もあまり好きじゃなくなったんです。でも、わたし、じつは文章を書くのが好きなんです。それで書いているうちに、自分が書いているのはもしかして、詩じゃないかと思うこともあるんです」

タクシー運転手になる以前、この女性は幼稚園で仕事をしてきたという。そこで短くない期間を過ごしたが、知り得る範囲ですべての卒園者に年賀状を送り続けている。次第に少なくなっていくのだが、それでも四百枚ほどになる。一枚一枚、手書きで、年賀状の発売開始の時期から始めて、およそひと月を費やして完成させる。

一回だけ、住所は手書きだが、文章は印刷してみたこともあった。だが、まったく別なものになり、すぐに手書きに戻した、という。

書いている時間が、もっとも充実していたのに、そこを短くして、楽をしてみても何もいいことはなかった、むしろ、虚しさを手にすることになったとも語った。

「一つ一つ、絵と文章を書いていると、何か祈るような気持ちになるんです。そうした気持ちで書いていると、ふと、自分でも思いもしなかった美しい言葉が、どこからともなくやって来るんです」

この言葉を聞いたときの、何か戦慄にすら似た感動を忘れることができない。ああ、ここにも隠れた詩人がいると思った。

さらに彼女はこうも言った。

「このまま書き続けてもいいのでしょうか。じつは誰も読んでいないものを書いているんじゃないでしょうか」

「そんなことはありません。ありえないです」

そう語るほか言葉が見つからなかった。

彼女の文章を後世の人が見るかどうかは分からない。もちろん、私も彼女の文面を見たことなどない。しかし、無心で一枚一枚に心を込めて書いている文章のなかには、知られざる詩歌が眠っていることは疑いようがなかった。言葉の深み、哲学者の井筒俊彦がいうコトバと親しく交わった者のみが放つことのできる響きが、彼女が語る言葉にはあったからである。

人は、書いているときに自分で読んでいる。書くとは、自分の心と自分の心の奥、古人が「魂」と呼んだ場所とのコトバの往復運動を体感することにほかならない。人は誰も、他者のために書くという動機のもとに書き始め、ついには己れの心の深みにあるものと出会うのではないだろうか。

詞と詩のあわいで

――中島みゆき第二詩集『四十行のひとりごと』を読む

中島みゆきは、かつて刊行された歌詞集のまえがきで「詩人、ならぬ詞人を続ける」と書いたという。詩集『四十行のひとりごと』は、その言葉を乗り越えて生まれてきた。「詞人」のなかに「詩人」が、はっきりと立ち現れてきたのである。「うそつきになってしまった」と書いているが、作者に罪はない。そもそも「詞」も「詩」も、人間の努力だけで生まれてくるものではなく、むしろ、予期しないときに、予期しないかたちで訪れるものだから、書き手のおもいだけではどうにもならない。

「詞」も「詩」も中島みゆきにとっては単に、おのれの内面の表現に終わるものではなかった。自分の近くにいる人、少し交わった誰かの、あるいは見知らぬ誰かの心にあって、容易に顕われないおもいに、言葉という姿を与えようとする試みにほかならない。「すっぴん」と題する詩には次のような詩句がある。

私は底意地が悪いので
えんちょう先生には教えないことにした
その日　友は身体を壊し　その顔色悪さを恥じて
なけなしの白粉を　厚く塗っていたのだということも
それが乏しい化粧品であればあるほど　仕上がりは
哀しく厚化粧に見えてしまうのだということも

（『中島みゆき第二詩集　四十行のひとりごと』道友社）

言葉が詩に結晶するとき、「私」という言葉は、単数の人間を示す言葉ではなく、そこに未知なる他者を包含する。そこに明示されるか否かを問わず、主語は「私」から、「私たち」へと位相を変え、読む者もそこに記されていない「私」の存在を感じる。

「哀しい」という文字はうちに「哀れ」を含む。「あわれ」とは同情を示す表現ではない。「ああ、われ（それは私だ）」という他者の人生に「われ」を見ずにはいられない感嘆を秘めた言葉なのである。

　この詩集のどこを読んでも作者の声が聞こえてくる。だがその響きは、鼓膜を揺らすのではない。耳の底にある、むかしの人が心耳（しんじ）と呼んだもう一つの耳に届く。聞こえてくるのは、痛みを背負って生きている、無数の人たちの声にならない呻（うめ）きなのである。

　人の「いのち」は平等だと教えられる世の中で、私たちがしばしば目撃するのは、使う者と使われる者に二分されているかのような世の実相だ。

　必要以上に頭を下げる人たちと、そうした諂（へつら）いを糧にして生きている、人間の仮面をかぶった、と言いたくなる強欲な者たちの姿である。利害関係だけがはっきりしていて、信頼と尊厳が看過されている社会のありように作者は言葉の矢を打ち込もうとする。

頭を下げたくらいのことで人品(じんぴん)は下がらない
頭を下げさせようと図(はか)ったときにこそ人品は下がる

（「礼」前掲書）

漢方薬には上品(じょうほん)、中品(ちゅうほん)、下品(げほん)という区別がある。もっとも広く、民衆の生活に根差し、養生のために用いるのが上品、風邪などの日常的な病に用いるのが中品、そして効果もあるが副反応もあるような、限られた目的にしか用いることができないものが下品だ。彼女の詩を読んでいると、人間において、何が下品かはともかく、上品な人間とは、見栄とも虚飾とも関係がないことは分かってくる。

この詩集の最後に収められた「ふうせん」にたどり着く前にこの本を手放してはならない。彼女にとって他者とは、目に見えるかたちで存在している者ばかりではない。そこには不可視な姿で存在する、死者と呼ばれる者も含まれる。この世は、生きている人だけの時空ではないことを、この詩人は切なる言葉によって謳（うた）いあげるのである。

言葉の終わるところで

モモと秘められた熱

言葉を読み、書けることは素晴らしいことです。なぜなら、本と共に生き、大事な人に手紙を送ることもでき、なかには、ミヒャエル・エンデの『モモ』のような愛すべき物語を紡(つむ)ぎ出す人もいるかもしれないからです。

たしかに言葉は私たちの生活を豊かにしてくれました。でも、言葉になっていることがすべてだと思ってしまうと、大切なものを見過ごしてしまうかもしれません。私たちが言葉を読んだり書いたりするのは、そもそも言葉にならないことを分かち合うためだからです。

『モモ』に登場する人たちが話していた言葉は「いまとはまるっきりちがうことば」だった、らしいのです。この物語は、次の一節から始まります。

むかし、むかし、人間がまだいまとはまるっきりちがうことばで話していたころにも、あたたかな国々にはもうすでに、りっぱな大都市がありました。

（ミヒャエル・エンデ『モモ』大島かおり訳、岩波少年文庫）

「むかし、むかし」という表現には少し注意が必要です。ここでの「むかし」は必ずしも過去のことを指しているとは限らないからです。それはずっと以前の遠い過去ではなく、どこか彼方の場所を流れる、時間とは異なる「時」、「今とは違う、ある世界の、ある時代」なのかもしれないのです。たしかに『モモ』は、彼方の世界の、彼方の時代のお話です。だからこそ「むかし、むかし」と言葉が重ねられているのかもしれません。

「ちがうことば」を用いていた頃、人は、目に見える文字や耳に聞こえる声によってだけ、心を通わせていたわけではありません。五感とは異なるところに響いてくる「ことば」を受けとめ、送り出すことができたようです。

モモが、マイスター・ホラのもとで「時間」とは違う「星の時間」とは何かを学ぶため一年ほど、仲間たちと暮らした場所を離れていたときのことでした。戻ってくると、仲間たちの姿はなく、モモは落胆します。

でも、そこには、大親友のジジからの手紙が残されていました。大喜びしたモモは、沈黙の同伴者であるカメのカシオペイアにこう言います。「ほらね、カシオペイア、あたしはやっぱりひとりじゃない」。そして、こう言葉が続いています。

でもカメはもう眠っているようでした。モモは手紙を読むあいだ、ジジをさまざまと目に思いうかべていましたから、この手紙がもう一年ものあいだここにおきっぱなしになっていたとは思いいたりませんでした。

モモは手紙を顔のわきにおいて、そっとほおをのせました。もう、さむくありません。

（前掲書）

モモは不思議な子どもです。仲間が一年も前に書いた手紙から、胸を温かくするような熱をしっかりと感じ取っているのです。

誰かから手紙をもらう。すると私たちは相手が何を、どんな気持ちで書いたかを考えます。でも、モモのように、書いた人の胸の温かみも同時に受け止めているでしょうか。

手紙を書こうとするとき、私たちが相手に、ほんとうに送り届けたいと思っていたのは、さまざまな出来事だけではなく、言葉にはできない、相手へのおもいではないでしょうか。そうしたおもいは、ほとんどの場合、言葉になりません。文字や声といった器には入り切らないのです。でも、それは消えない熱となって手紙を包んでいる。

現代人の多くにとって手紙は紙に記された文字です。でも、今のように、誰もが当たり前のように言葉を用いていなかった時代の人々は、言葉の意味だけでなく、そこに秘められた熱を受け止めていたのかもしれません。

本の扉にも記されているように『モモ』は、時間どろぼうたちとたたかった不思議な少女の物語です。しかし、それと同時に、現代に生きる私たちが見失ってしまった、ほんとうの言葉とは何かを教えてくれる稀有な作品でもあるのです。

誰にもいえない苦しみ

モモは、とても弱い子です。でも、その女の子はいつしか、勇気とは何かを告げ知らせる存在に変わっていきます。

ひとりでいるときモモは弱く、頼りない。でも、彼女がわずかでもジジやベッポといったこころの友のことを思うとき、どこからともなく、ある「ちから」が湧いてくるのです。

自分のことでいっぱいのとき、人はその「ちから」を十分に用いることができません。そのためには、信じる友と自分を信じるちからと、そしてマイスター・ホラが教えてくれた「星の時間」を感じる必要があるようです。

そう簡単にこころの友は見つからない、というかもしれません。でも、そうではないようです。この物語でいう「友」とは、親しい人であるというより、ほんとうに自分を必要としてくれる人なのです。

それは、人生の迷路に入り込んでしまったジジやベッポのように、だれにもいえない悩みや、苦しみを生きながら、苦しいという声をあげられない人なのかもしれません。

この世界のどこかには自分の助けを必要としている人がいる。そう思いながらページをめくるとき、あなたにも小さな言葉の奇跡が起きるかもしれません。

「時」を生き、「光」と交わる

毎日を愛おしみながら生きることのほかに、自分の人生を豊かにする方法はない。だが、何に「愛」を注ぐべきかをはっきりと認識することができない。なかなか具体的な方法が見つからない。そう感じている人も少なくないのではないだろうか。

そんな終わりのない問いのなかにいる私たちに確かな導きの糸になってくれる一冊がある。ルドルフ・シュタイナーの『魂のこよみ』(高橋巖訳、ちくま文庫)だ。この本には、次に引くような短行詩が五十二編、収められている。

「私は 自分であることの本質を 感じる。」
そう語る感情は
陽光の明るい世界の中で
光の流れと ひとつになる。
そして 思考の明るさに熱を贈り
人間と世界を
かたく ひとつに 結びつけようとする。(第4週)

どこからともなくやってくる、ある種の熱気を帯びた「光」のなかで「自分であることの本質」を「感じ」とる。そうしたときにこそ人は、己れの生と深く交わり得るのだ、というのである。

だが、私たちは日頃、言葉によって人生の意味を考えてばかりいて、十分に「光」を「感じる」ことができない。

そうした私たちにシュタイナーは、人生を「日」の単位ではなく「週」として生きてみてはどうかと促す。もちろん、五十二編の詩句は、一年の五十二週に呼応している。

週を一つの単位として生きることで私たちは、単に過ぎ行く時間ではなく、途絶えることのない「持続」というはたらきをそこに見出すことができる。生の意味は、分断された時間にではなく、流れゆく「時」のなかに不可視な姿をして、しかし、確かに存在する、とシュタイナーはいうのである。

見えない手紙

考えてみると不思議なことですが、手紙を書くとは、相手に言葉を送ることで、言葉にならない何かを伝えようとする営みのことなのかもしれません。別の言い方をすれば、言葉にならないおもいが宿ったとき、私たちは手紙を書き始めるのではないでしょうか。

書くときだけではありません。私たちは手紙を読むときも、そこに記された文字を記号として読解するのではなく、書いた人の気持ちを心に思い浮かべながら読むのではないでしょうか。そしてその人が書いた言葉の奥にあるものを感じ取ろうとします。

しかし、こうしたことを小説や哲学書を読むときに行えるかというと必ずしもそうではありません。本を開いた途端に何が書かれているのかを必死になって読もうとするのです。いつのまにか書かれていないことを感じとるのを忘れてしまいます。

行間を読むという言葉があります。読書の真髄は、書かれた言葉と言葉の「あわい」を感じとろうとするところにある、というのです。これを通常の読書で実践するには、ある訓練が必要かもしれません。しかし、手紙になると、いつ、どんな場所でも行間を読むことが実践できるのです。

なぜこうしたことが起きるのでしょう。本に記された言葉と手紙の言葉は、どこが違うのでしょうか。本は印刷されていて、手紙は手書きの場合があるからでしょうか。おそらく理由は別なところにあるように思います。

手紙は、ある人から「私」に送られたもので、ほかの誰も読むことがありません。多少文字を読み間違えても、とがめられることはありませんし、読めない漢字があっても全体から雰囲気を感じ取り、それをよしとするのです。

それだけでなく、こうした読み方をしているときにこそ、人は、分からないことがあっても読みを深めることができます。正しい手紙の読み方などありません。物理学者の中谷宇吉郎（なかやうきちろう）は雪の研究者としても重要な業績を残しました。彼は優れた随筆家でもあり、『雪』と題する作品で「雪の結晶は、天から送られた手紙である」と書いています。

これはもちろん比喩なのですが、手紙の本質を見事に言い当ててもいます。手紙は、おもいという目に見えない何かを運ぶ器である。だが、それは必ずしも文字に託さなくてもよい、ということです。

手紙を書き送るとき、その紙に香りを忍ばせる人は、今の時代にもいます。それを開いた人は、そこに深い情愛とこの関係への敬意にも似たおもいを感じる。そのとき人は、手紙においてさえも言葉によってのみつながっているのではないことを知るのです。

言葉の宝珠

人はいつからか、贈り物を買うようになった。買わずに自分で作ることはほとんどなくなり、受け取る方も、贈る人が作ったものよりも、売っているものの方に価値を感じるようになっている。

だが、買ったものはいつか古くなる。壊れてしまうものもあるかもしれない。運が悪いと、誰か別な人が同じものを贈る、ということも起こる。かけがえのない贈り物が月並みなものになってしまうこともある。

何か特別な気持ちを込めた、特別なものを贈りたい、そう感じるのは、生きている人に向かってばかりではないだろう。むしろ、本当にそう願うのは、亡き人々へ、ではないだろうか。

もし、彼方の世界にも贈り物を届けることができるとしたら、と想像してみる。私たちはそこに、計りしれない、甚大（じんだい）な、といってよいほどの労力と情熱を注ぎ込むだろう。

死者の国におもいを伝えたい、そうした切なる願いは、古くからあった。歴史を振り返ってみる。人はじつに、さまざまなものを亡き者たちに贈ってきた。墓所だけでなく石碑や銅像を建てることもある。葬儀などの儀礼も亡き人々へ届けようとする誠実の表現だろう。

だが、そうした目に見えるものだけでなく、私たちは言葉を贈ることができる。詩は、こうしたおもいから生まれた。多くの文化で詩は、挽歌（ばんか）――亡き者たちへの悲歌――から始まっている。

言葉は、どこにも売っていない。亡き者たちは、買えるものを欲していない。誰かの本に記されているような言葉を求めているのではない。

「うまい」言葉も、きらびやかな言葉も望んでいない。ただ、本当の、心の底から発せられた言葉を希求している。

昔の人は、野原で摘んだ草花で小さな花束を贈った。私たちは、心の花園から言葉を摘み、言葉の花束を編むことができる。また、人生という荒野から拾いあげた原石を磨きあげ、言葉の指輪を贈ることさえできるだろう。

大切な人には
店のウィンドウに
飾られている
きらびやかな宝石のような
告白ではなく
見た目には
何の変哲もない

どこにもあるような
言葉の原石を
ささげるがいい

それを　生涯を費やして
磨き上げ
秘められた
小さな詩の小石として
光の指輪に据えるがいい

心を込めて作られた料理が、どんな高級店のそれよりも深く、熱く心に沁みわたるように、手や頭ではなく、心から発せられた言葉は、生死の壁を貫くちからをもつ。

愛する者にむかって真剣に言葉を贈った者は、相手から届けられる言葉の贈り物に気が付くのではないだろうか。それは気が付かないところで日々、私たちのもとを訪れているようにも思われる。

言葉だけが、生者の世界と死者の世界をつなぐようにすら感じる。そうでなければ人は、とうの昔に祈ることをやめていただろう。

哲学者の習慣

哲学者のカント（一七二四〜一八〇四）は、毎日、決まった時間に散歩をしていたことで知られている。だが、彼にもその堅固な習慣を違えなくてはならないこともあった。ルソー（一七一二〜一七七八）の『エミール』を読んだとき、あまりに没頭して散歩するのを忘れたのである。

この逸話は、さまざまなことを物語っている。一つは、カントにとってルソーとの出会いが決定的なものであったということ。カントにとっての読書がいかにすさまじい営みであるかということ。『エミール』のとき以外、カントは欠かさず散歩をしたこと。そして、哲学において習慣がいかに強固な役割をなしているか、ということである。

カントの時代、ルソーの『エミール』は、今日の私たちには想像もつかないほどの影響力を持った。この本は、正規の学校教育からはまったく縁遠いところで生きたルソーが書いた、教育革命を促す本だった。ルソーは『エミール』の序に、この本を書くにあたっての自らの態度というべきものを表明している。

わたしは他人の考えを書いているのではない。自分の考えを書いているのだ。わたしはほかの人と同じようなものの見方をしない。すでに久しいまえからわたしはそれを非難されている。しかし、ほかの人の目を自分にあたえたり、ほかの人の考えを借りたりすることがわたしにできるだろうか。

（ルソー『エミール（上）』今野一雄訳、岩波文庫）

誰かが書いたことをまとめるのではなく、自分の問いから出発する。それが自分の考える習慣だとルソーはいうのである。ルソーが他者の考えを参考にしなかったというのではない。そのことは今日の研究からも明らかになっている。ただ、ルソーは、たとえ他者の言葉であっても、わが身で生きてみなかったことを自分の思想として語るようなことはすまいと思う、というのである。こうした言葉が、大学で哲学を講じていた人々を、およそ異次元と呼ぶべき時空へと導いた。ルソーの言葉は、カントの頑強な哲学的生活の秩序をも創造的に破壊するちからを有していた。

現代では生活習慣病という言葉が広まり、「習慣」という言葉が積極的な意味で用いられることが少なくなった。しかし、近代以前には、よき生活とは、よい習慣をもった生活にほかならず、習慣こそが人生を形づくると考えられていた。習慣の意義を語る哲学者はカントだけではない。三木清(一八九七〜一九四五)は晩年に刊行された『人生論ノート』で次のように書いている。

人生において或る意味では習慣がすべてである。というのはつまり、あらゆる生命あるものは形をもっている、生命とは形であるということができる、しかるに習慣はそれによって行為に形が出来てくるものである。

（三木清『人生論ノート』新潮文庫）

どう生きるかという問題は、その人がどのような習慣を身に付けているかということと緊密な関係がある。それればかりか、習慣は、かたちのない「いのち」に生のかたちを与えるものだ、というのである。

「形成」は三木清の哲学を理解する鍵語の一つだが、それにしたがえば、習慣は生命を形成する、といってもよいのだろう。「形成」という言葉も、改めて考えてみると味わい深い言葉である。「かたちをなした」ものは、もともと「かたちをなしていなかった」ものだと思うと、習慣には底知れない「ちから」があることが分かる。

むずかしいことではない。学生だった頃は、寝た時間が起きる時間を決めていた。授業もあるが、睡眠の方が大切なことも多かった。しかし、社会に出るとそれが逆転する。何時に寝ても起きる時間は仕事が決めるようになる。

ある人にとって習慣は、ほとんど無意識の行動であるが、別な人にとっては強い意志のもとに行われる。ここで三木が語ろうとしていたのも、意志と無意識が、真の意味で一つになる生活のことだった。

たしか三木清だったと記憶しているが、もっと卑近な習慣の効用をめぐっても書いていた。時間があるときは、街を歩いて、店などのありかを確かめておくとよい、というのである。読んだのは高校生の頃だと思うので、すでに三十年以上前のことで、出典も定かではないが、強く印象に残った。

現代ではインターネットがあるから、事前の知識は必要ないと思うかもしれない。だが、いざというとき、生活上の習慣とその場で得た情報ではまるで違う結果になる。慌てずにすむだけで、生活の混乱は随分回避できる。

この習慣の成果になったのが、ある周期で銀座の街を歩くことだった。

昔は、銀座を散策する「銀ブラ」という言葉もあったが、私の場合は違う。幾つかの決まった場所を訪れるのである。それは、書店の「教文館」、民藝の店「たくみ」、そして、かかりつけの漢方医だ。

「教文館」は書店であるだけでなく、キリスト教関係の著作の出版も行っている。もちろん、キリスト教に関する売場の充実は他と比べるべくもない。生まれて九十日後に洗礼を受けた。物心ついたときはキリスト者だった。この与えられた信仰に迷いを覚えたこともあったが、今では誰にとっても信仰は与えられたものなのではないかと感じるようになった。

物書きだから、本は読むのも買うのも好きだが、眺めているだけの時間にも、ある充足を感じる。書店に行けば一時間はあっという間に過ぎる。待ち合わせがあるので、早めに近くの書店に行くようなことがあれば、時を忘れ、かえって相手を待たせることになる。

家ではなるべく民藝の器を用いたいと思っている。民藝という言葉は「民衆的工藝」の略語で、柳宗悦(やなぎむねよし)が、濱田庄司、河井寛次郎とともにいるときに生まれたと伝えられる。柳たちにとって民藝品は、部屋に飾るものではなかった。ともに暮らす伴侶だった。比喩ではない。それらは文字通りの意味での沈黙の伴侶であり、盟友だった。

「たくみ」は、民藝運動勃興期に生まれた店で、安心して買い物ができる。この店は見方によっては売る展示室のようなもので、簡単には買えない物でも近くで、場合によっては手にふれることもできる。

月に一度、漢方医に通うようになって四年目になる。知命を超えてみると、自分の健康を自分の感覚で守るのがむずかしい。そもそも、人間のからだは、思っているよりも繊細で、月に一度くらいの検診がちょうどよいように思う。症状が改善することもあれば、問題が出てくることもある。漢方が合っている、と思うのは未病に対応できるからだ。

習慣は健康と直結している。ただ、健康は身体だけでなく、こころの問題でもある。私にとっては本を読み、買い、眺めることも、民藝で食卓を彩ることも、こころの健康と密接につながっているのである。

怒りという愛情——村井理子『兄の終い』を読む

長く会っていなかった、むしろ、会いたくないと思っていた兄が、突然、脳出血で亡くなり、作者はその後始末をしなくてはならなくなる。両親はすでに他界していて、兄は離婚をして、親権を得た幼い息子と暮らしていた。

定型の手続きや葬儀だけではない。混乱というより混沌としたアパートの片づけと生活用品の廃棄、そして残された息子の手当など人生の宿題が、急に降り出した豪雨のように降ってきた。

この作品は実話であり、エッセイということになっている。だが私はこの本を、今年に入って出会ったもっとも手ごたえのある「小説」として読んだ。

作者が語ろうとしているのは、自分が何を感じたかだけではない。自分や兄、あるいはそれにまつわる人々を生かしている、ある「ちから」だ。この作者をも周縁に追いやるはたらきこそ、この作品が、事実の記録を超えた「物語」であることの証しにほかならない。

読者はページをめくると作者のほかに複数の登場人物に出会う。兄の別れた妻加奈子、兄との間に生まれた娘満里奈、そして兄と暮らしていた息子の良一だ。いわゆる脇を固める人たちにも事欠かない。

誰が、あるいは誰と誰の関係が物語の中心になるかは読み手によってずいぶん異なってくるだろう。だが、そうした読みの選びの豊かさが、この本を秀逸な文学作品たらしめているのである。

亡くなった兄は、残された手記と追想以外では語ることはない。しかし、この不在であるはずの死者の沈黙の言葉が、読む者の胸をつかんで離さない。

兄はけっして「よい人間」ではなかった。強がりで、周囲の人に迷惑をかけ混乱を生んだ。作者はそんな兄に強い怒りを覚えている。しかし、そうした心情も、かたちを変えた愛であることを読者は次第に理解する。

「あとがき」で作者は兄を許せたわけではないという。しかし、そのままの兄を受け入れてみたいとも書いている。この世には、怒りという愛が存在するのである。

祈りと願い

ある日、親しくしているユダヤ人と、心を無にするとはどういうことかをめぐって話したことがあった。彼は微笑みながらこう語った。

「まったく難しくないよ。君が祈るときのあの感覚だよ」

彼の言葉を聞き、「そうか」と納得したように答えたが、内心を渦巻いていたのはまったく異なる感情だった。毎日のように祈っていたが、無を心に置いてなどいなかった。何かを強く願うことばかりではなかったとしても、常に何かを思っていた。

心というキャンバスには何かが描かれていて、そこには余白と呼べるような場所は存在しなかった。

彼は“nothing”ではなく“empty”という言葉を用いていたから、語られた主題は「無」というよりも「空（くう）」というべきなのかもしれない。

空とは、そこに何も存在しないことではなく、あらゆるものが生み出され得る状態を指す。空とは、未定形なままの存在の充溢（じゅういつ）だといってよい。「充溢」という言葉も見慣れないかもしれない。それは存在が、溢（あふ）れんばかりに充（み）ちている状態を指す。東洋哲学では、こうした状態を「渾沌（こんとん）（混沌）」という言葉で表現することもある。万物は、渾沌から生まれてくる。だが、渾沌はどの存在者とも異なる姿をしている。渾沌を海だとする。海からはさまざまな生命が誕生するが、海そのものはどの生物にも似ていない。

東洋ではしばしば心が海に喩（たと）えられてきた。心はじつにさまざまなものを生むからである。

何かを見る。そこにある想念が生まれる。心がそれを生むのである。同じものを見ても、その人がどう感じるかによってその姿はまったく変わってくる。

ある人にとって壊れそうな一冊の本は、大切な人の遺品であり、かけがえのないものだが、別の人にとっては価値のない古びたものに過ぎない。

心はさまざまなものを生む。それは想念だけではない。ある行為も生む。もしも心が、海のようなものだとすると、そこでの「祈り」とは、どのような営みになるのか。それは、心の海からの収穫を神仏にささげることなのか。あるいは、大いなるものに海からもっと多くのものを与えてほしいと願うことなのだろうか。

先のユダヤ人は、心を空にするとは、ということを少し言葉で説明しようとして、二言三言話して、こちらを見て、微笑みながらこう言った。

「そうだった。君はキリスト者だったね。emptyはまったく難しくないよ。君が祈りのときに感じている、あの感じだよ」

彼は何気なく、あたり前のことを伝えるように語ったに過ぎない。だが、それを聞いた私の心中では、ほとんど天地が逆転するほどの大きな出来事が起こっていた。それまで長く、心を空にするような祈りを忘れていたことに気がついたからだった。

故郷の教会で洗礼を受けたのは、生後九十日が経ったころだった。もちろん、覚えていない。もの心がついたとき、すでに教会に通っていたし祈りは朝晩の日課だった。

子どものころは、祈りの意味をほとんど理解せずに唱えていたが、年を重ね、意味が理解できるようになると、口では祈りの文言を唱えていても、心では自分の願いを強くおもい、それを神に届けるようになっていた。祈りのときは、心がいつの間にか「願い」でいっぱいになっていたのである。

だが、あのユダヤ人にとっての祈りは、まったく違う質の営みだった。祈りがもしも、内界の海と向き合って行う営みであるならば、彼にとって祈るとは、海に向かって、自らの思いを切々と語ることでも、豊漁を願うというたぐいのことでもなかった。それは、ひとり静かに水面にからだを浮かべ、海の音（ね）を全身で聞くことだった。

哲学者の井筒俊彦は、言語である言葉には限定されない、うごめく意味の顕（あら）われを「コトバ」と書いた。ここでの海の音が、神仏の無音のコトバであるのはいうまでもない。

神仏は、「言葉」によって人間に語りかけてくることもある。だが、多くの場合は、文字や声にはできない「コトバ」によって呼びかけてくるのではないだろうか。他者の話を聞くとき、私たちがまず、なさねばならないのは黙ることである。祈りの地平でいえば、それは願いを鎮（しず）めることにほかならない。

願ってはならないのではない。願う必要がないのである。神仏は、私たちよりも私たちに必要なものをよく知っている。神仏は人が願う以前に、私たちに何が不可欠なのかを知っている。それにもかかわらず人は、しばしば神仏と取引をしようとする。

そうした行為は古（いにしえ）の時代から変わらない。何かを神に差し出し、その見返りに何かを受け取ろうとする、そうした態度を強く戒める言葉が『新約聖書』に記されている。

〔イエスは〕鳩を売る者たちに仰せになった、「これらの物はここから運び出せ。わたしの父の家を商売の家にしてはならない」。弟子たちは、「あなたの家を思う熱意が、わたしを食い尽くす」と書き記されているのを思い出した。すると、ユダヤ人たちはイエスに向かって言った。「こんなことをするからには、どんな徴(しるし)をわたしたちに見せてくれるのか」。イエスは答えて仰せになった、「この神殿を壊してみよ。わたしは三日で建て直してみせよう」。

(「ヨハネによる福音書」2・16―19、フランシスコ会聖書研究所訳注)

ここでいう「神殿」を、目に見える建造物として理解することもできる。しかし、人は心のなかにも神の家である「神殿」を有している。

先の一節にあった「鳩」は、人が神へと贈る供物(くもつ)である。だが、イエスはそうしたものを神殿から運び出せという。供物を神にささげる人間の心は願いに満ちているからだ。神に願う前に神の声を聞けとイエスはいうのだろう。

心眼という文字はよく知られている。しかし、これに似た表現で「心耳(しんじ)」という言葉がある。肉体の耳ではなく、心の耳で大いなるもののコトバを聞くとき、祈りの扉はしずかに開き始めるのである。

沈黙と弱き者たちの声

二〇一六年に行われた大統領選挙の直前の一週間ほどをアメリカで過ごした。ニューヨーク、サンフランシスコ、デンバーなどで会う人ごとに、誰に投票するのかを聞いた。仕事の関係者やその家族だけでなく、タクシーの運転手やレストランで働く人たちとも言葉を交わした。誰ひとりとして、ドナルド・トランプに投票するとは言わなかった。そのようなことはしない、と言葉を添える人もいた。結果は改めて書く必要はないだろうが、トランプの勝利だった。

その後も選挙をめぐって現地の人たちと話すことが一度ならずあり、予想を覆すような結果になった理由も次第に明らかになってきた。ある人が、呟（つぶや）くように言った。

社会正義の観点から見ればヒラリー・クリントンに入れなくてはならない。だが、自分の立場を守ってくれるのはトランプだと思った。

ただ、少し注意が必要なのは、ここでの「自分」が、その人個人を指す「私」であるだけでなく、同じ企業で働く同僚やその家族を含む「私たち」でもある、ということだった。先行きが不透明な時代で、あるべき社会の実現よりも、生活の安定を選ぶ。こうした選択は、もちろん理解できる。だが、その結果もたらされたのは、さまざまな意味で「弱い人」たちを疎外する残酷な社会だった。

アメリカ社会では今もなお、経済的、人種的、境遇的に弱者である人たちが、「いのち」の危機に直面しやすいことは否定できない。もしもコロナ危機がなかったら、そしてBlack Lives Matterの運動が起こらなかったら、二〇二〇年の選挙でも、アメリカ国民が、前回と同じ選択をしていた可能性は十分にあった。社会を二分するような得票率はそれを歴然と示している。

投票とは、「弱い人」たちが、自分の声を届けられる機会でもある。先の大統領選挙の背景にあった選択は、これまでのような強者生存の社会ではなく、「弱い人」たちとともにある社会の樹立という、ほとんど叫びにも似た念(おも)いだったのではないだろうか。

コロナ危機によって私たちは、誰もが自分の予想を超えて弱者になる、という現実に直面した。ここでいう弱者とは、差別的境遇にある人や経済的貧困にある人だけを意味しない。たとえば、ある人が大切な人を失う。そのとき人は、どんなに豊かな経済力をもっていたとしても、やはり弱者、すなわち「弱い人」になる。

「弱い人」は自分の思いを語らないことが多い。語らないのではない。言葉を失い、語れないのである。アメリカだけではない。もしも、今後、社会が新生するとしたら、これまでのように、大きな声で語られたことが正しいとされるのではなく、語られざる者、語られざることを包み込んだものでなくてはならない。そして、そこには生者の声だけでなく、死者たちの沈黙の声もくみ取られなくてはならない。

今回の選挙は、さまざまなところで「死者」という沈黙の存在が重大な役割を果たした。バイデンは、妻と娘、息子を喪った経験がある。副大統領候補にハリスを選んだ理由の一つに、失った息子とハリスが信頼関係でつながっていたこともある、という報道にふれた。

大統領選が本格化してからも、新型コロナウィルスの感染によって、警察の暴力によって、あるいは危機のなか、未来を信じられなくて亡くなった人たちもいる。今回の選挙中、声を上げた人たちは、しばしば死者となった者たちの名前を、顔を掲げた。確かに投票したのは生者たちである。だが、その一票に死者たちの念いを込めた者たちも少なくなかったように感じられる。

死を光で照らした人——アルフォンス・デーケン

人は必ず死を迎える。死とどう向き合うかは、すべての人が、一度は真剣に考えなくてはならない人生における最重要の課題である。今日、こう書いても大きな抵抗を感じることはない。だが、かつては違った。

死を想い起こさせることは、なるべく語らない方がよい。とくに教育現場や人々が集うような場所ではそうした空気が流れていた。そうした常識を一変させたのがアルフォンス・デーケン神父（一九三二～二〇二〇）だった。日本における死生学、グリーフケアの発展は、彼の存在なくして語ることはできない。

第二次大戦中、北ドイツで暮らす彼の家族は、当時からすでに、明確な反ファシズム運動を実践していた。それにもかかわらず、終戦後、無防備だった祖父が、偶発的に連合軍に銃撃されてしまう。それ以来、死の不条理をどう受け入れていくかは、彼自身の実存的問題となった。

彼は、日本にキリスト教を伝えたフランシスコ・ザビエルと同じイエズス会に属する司祭である。日本に来たのは、弾圧されながらも信仰を守り、殉教したキリシタンの少年ルドビコ・茨木に魅せられたからだった。また彼は、哲学者ガブリエル・マルセルを恩師とし、マックス・シェーラーの研究でも知られる優れた哲学者でもあった。そして、イエズス会と深いつながりのある上智大学で哲学の教授をつとめた。

「死への準備教育」こそ、充実した生の基盤となる。死とは何かという終わりのない問いと向き合うことによってこそ、明らかになる生の秘義がある。あるとき、彼は、哲学教師として死を講じ始めた。彼の試みは受け入れられないだろうという人もいた。しかし、結果はまるで異なるものだった。その言葉は、教室という枠を超え、枯野に放たれた火のように世に広がっていった。

多くの人は彼の姿と言葉を、メディアを通じて知ったかもしれない。彼は死を語る時の人になった。だが、そうしたことは彼の活動の一面に過ぎない。彼は、どこまでも一つ一つの死に向き合うことを忘れなかった。地道な講演会などの活動を通じて、市井の人のなかに分け入っていくように生と死を考えるという、さまざまな活動を展開した。

ある時期まで、カトリックの司祭は公の場にでるとき、ローマンカラーと呼ばれる白い首襟を付けるのが習わしだった。むしろ、それが神父であることの身分証明のようでもあった。

だがデーケン神父は違った。そもそも彼がカラーを付けたところを見たことがない。テレビはもちろん、講演会でも雑誌や書籍の写真でも、彼はスーツ姿であることが多かった。そうした姿勢は、死という問題を前に苦しむ人たちと本当の意味で同じ場所にいたい、という願いの現れでもあったのだろう。

彼の著作『よく生き よく笑い よき死と出会う』の題名に象徴されるように、彼は生と死だけでなく、ユーモアを重んじた。それは天与の叡知であるとすら考えていたように思う。穏やかな笑みと共に死と向きあう。彼が投げかけた問いは、コロナ危機のなかでいっそう深く胸に響く。

芥川龍之介とマリア観音

今では著述を生業にしているが、十六歳まで、二冊しか本を読んだことがなかった。そうした読書嫌いな人間が、本を読まねば仕事にならない、「批評」という仕事にたずさわるようになるのだから、人生は何が起こるか分からない。きっかけは、父が強いた独り暮らしのためだった。

父は、幼いときに自らの父——私の祖父——を喪い、二十歳のときには母を亡くしている。姉がいたが、このとき彼女はもう、嫁いでいた。遺産というほどのものはなかった。当然、生活は逼迫する。随分と辛酸を嘗めなくてはならなかった。

そのためもあって父は、息子たちに早い時期からさまざまな自立を求めた。その端緒が空間的な自立、すなわち、家を出て、独り暮らしをすることだった。中学校を卒業したら、家から通うことのできない場所で暮らし、高校に通う。これが暗黙の決まりだった。学費こそ自分で稼げとは言われなかったが、居住空間は質素だった。

大人になって、さまざまな修道院に宿泊する機会があるのだが、そのたびごとに高校時代の下宿先を想い出す。部屋は暗めで、電気機器もほとんどなかった。

振り返ってみると、本を読み始めるきっかけは、高校の授業で使った『現代文』の教科書だった。教材になると途端に退屈になるのだが、読み物としてはじつによく編まれている。今から考えてみれば当たり前のことだが、読書の習慣は教科書を読むことから始まった。

このとき、言葉の扉が大きな音を立てて開いた。本嫌いだったはずが、生活費のほとんどを本に費やすようになっていった。この頃、よく読んだのが芥川龍之介（一八九二〜一九二七）だった。教科書には「羅生門」が収められていた。彼が短編の書き手だったことも、読書の初心者にはよかった。手に入る文庫本を、桑の葉を食む蚕のように読んだ。

芥川には、のちに「切支丹物」と呼ばれる広い意味でキリスト教、キリスト教徒を主題にして書かれた作品群がある。その一つ、「黒衣聖母」の読後感は今も忘れがたい。

文庫本で十頁にも満たない短編――決して長くないが、芥川の筆致がもっとも光る長さでもある――で、先にふれた「羅生門」や「鼻」に比べたらよく知られた作品というわけではない。しかし、この作品を読むことで、内界に訪れたヴィジョンのありようは、今もなお生々しい。

話は、あるマリア観音をめぐって展開する。ある日、主人公である「私」のもとを友人の田代という者がマリア観音を手に訪れる。田代はこれを知人から譲り受けていた。とはいえ、この男に特別な信心があるわけではない。むしろ、合理的な「所謂超自然的現象には寸毫の信用も置いていない、教養に富んだ新思想家である」と作品には記されている。だが、田代は「私」がこうしたものにも関心を示す相手であると思っている。田代は、珍しい骨董品の一つとしてこのマリア観音を持参したのではなかった。彼が「私」に語りたかった、あるいは語らずにはいられなかったのは、この像をめぐるある伝説だった。

この像のもとの持主は稲見という。伝説は、稲見の母親が子どもだった時代にさかのぼる。稲見の母はお栄という。早くに両親を亡くし、弟とともに祖母に育てられた。ある日、弟の茂作が重い病にかかる。病状はなかなか改善しない。一週間もすると危篤の状態になった。

すると、ある夜、祖母が眠っていたお栄を起こし、滅多にほかの人を入れないその家の土蔵へと連れて行った。そこにあったのが、あのマリア観音を本尊とした祭壇だった。そこで祖母はこう祈る。

お栄もまだ御覧の通り、婿をとる程の年でもございません。もし唯今茂作の身に万一の事でもございましたら、稲見の家は明日が日にも世嗣ぎが絶えてしまうのでございます。そのような不祥がございませんように、どうか茂作の一命を御守りなすって下さいまし。それも私風情（ふぜい）の信心には及ばない事でございましたら、せめては私の息のございます限り、茂作の命を御助け下さいまし。私もとる年でございますし、霊魂（アニマ）を天主（デウス）に御捧（おささ）げ申すのも、長い事ではございますまい。しかし、それまでには孫のお栄も、不慮の災難でもございませなんだら、大方（おおかた）年頃になるでございましょう。何卒（なにとぞ）私が目をつぶりますまでよろしゅうございますから、死の天使（アンジョ）の御剣（おんつるぎ）が茂作の体に触れませんよう、御慈悲を御垂れ下さいまし

（『奉教人の死』新潮文庫）

この老女は、自分が生きているあいだはどうか、孫の二人の命を守ってくれるようにマリアに頼んでいる。より精確にいえば、このことを「天主」にとりついで欲しいとマリアに懇願している。

祈りが終わると老女は孫に向かってこう言った。

「さあ、もうあちらへ行きましょう。麻利耶（マリヤ）様は難有（ありがた）い事に、この御婆（おばあ）さんの御祈

りを御聞き入れになって下すったからね」。一度ではなく、何度も言ったと作品には記されている。老女には、ある手応えがあった。祈りが聞き入れられたという、いわく言い難い実感があるのだろう。

日が変わると、茂作の状態は著しく改善した。その様子を確かめた祖母は落涙する。そして、自らの疲れを癒すようにして床についた。お栄は老女の枕元でおはじきなどをして遊んでいた。

一時間ほど経ったときのことだった。茂作の世話をしていた女性が、慌てたような様子で祖母を起こしてくれとお栄にいう。茂作の容体が急変したのだった。お栄が祖母に声をかける。しかし、老女は目を開けない。明らかに様子がおかしい。そして、もう一度、茂作の急変を知らせる声がする。しかし、老女の目は開くことはなく、ほどなくこの世を後にする。

それから十分ほどのあいだに茂作も息を引き取った。

たしかに老女の願いは聞き入れられた。亡くなったのは彼女が先だったのである。

田代は、話を終えると「私」に、この話を信じるかという。「私」が答えに窮していると田代は、「私はほんとうにあったかとも思うのです。唯、それが稲見家の聖母のせいだったかどうかは、疑問ですが」といい、さらにマリア観音の台座に刻まれているラテン語を見るように、と「私」に促す。そこにはこう記されていた。「DESINE FATA DEUM LECTI SPERARE PRECANDO……」それは、「汝の祈禱、神々の定め給う所を動かすべしと望む勿れ」という意味だった。

この作品を読んで、このマリア観音に偽りの聖性を見るような地点で終わってはもったいない。むしろ、ここで感じてみるべきは、神への恐れではなく、畏れなのだろう。

人の願いが叶う。あるいは叶ったと感じる。しかし、神の計らいはそこに留まらない。人は己れの幸福を願って神に願いごとをする。神はそれを成就することもあるが、その出来事を通じて人間のおもいを超えたことをしばしば実現する。

小説を読む意味は、そこに書かれている「あらすじ」を知ることより、言葉の奥に広がる「コトバ」――言語を超えた意味の顕われ――の地平に立ち、その光景を味わうことに重みがある。「あらすじ」を知るだけなら、自分以外の人にまとめてもらったものを読めばよい。しかし、コトバの光景となるとそれを他人任せにするわけにはいかない。

この作品における言葉の奥にある光景、たとえば、祖母と兄を一気に失ったお栄の気持ちを考えてみる。この話を「私」に伝えているのは田代だが、田代に話した稲見がそれを聞いたのは、母お栄からなのである。この家族の死をお栄がどのように受け入れていったのか。そして、それを愛する息子に語るとき、彼女が真に伝えようとしたのは、このマリア観音が持つ不思議な力だったのか、それともこの世の無常や人の生のはかなさなのだろうか。それとも、わが身を賭すようにして祈った老女の生きる姿だったのだろうか。弟茂作の容体が回復に向かった場面には次のような記述がある。

さて明くる日になって見ると、成程祖母の願がかなったか、茂作は昨日よりも熱が下って、今まではまるで夢中だったのが、次第に正気さえついて来ました。この容子を見た祖母の喜びは、仲々口には尽せません。何でも稲見の母親は、その時祖母が笑いながら、涙をこぼしていた顔が、未に忘れられないとか云っているそうです。

（前掲書）

その後のお栄が引き受けなくてはならなかった困難は想像に余りある。しかし、その苦難の道を照らしたのが、この老女の涙だったことは疑いを入れない。そして母となったお栄が息子にどうしても伝えたいと願ったのも、「仲々口には尽せ」ない、老女の祈りの深みだったのではないだろうか。

芥川龍之介が愛したキリスト

小説作品以外でも芥川龍之介は、自分のキリスト教との関係を切々と語った。断章集とも随想集ともいえる「西方（さいほう）の人」「続西方の人」のような随想もある。芥川は洗礼を受けていない。しかし、この国においては、洗礼を受けていない者たちによって、キリスト教の理解が深められてきたという歴史がある。

堀辰雄は芥川に深く学んだ。堀にとってもキリスト教は切なる問題だった。若き日に堀辰雄に出会い、文学の道を歩み始めたのが遠藤周作だった。

ほかにも洗礼を受けないまま、キリスト教との関係を深めた作家がいる。太宰治もそうした一人だった。太宰は文字通りの意味で『聖書』を愛読し、また内村鑑三（一八六一～一九三〇）の著作にも深く親しんだ。

内村鑑三は、無教会という立場を取った信仰を深めようとするとき、教会的な儀礼は必ずしも必要ないというのである。ミサもないが、洗礼、堅信といった秘跡もない。太宰のような人物が洗礼を受けていないことを理由に、彼の信仰の有無を判断するようなことも避けなければならない。

批評家の河上徹太郎、福田恆存、あるいは詩人の中原中也の作品にもカトリシズムの影響は深く流れ込んでいる。河上と福田は、私の師である井上洋治神父（一九二七～二〇一四）とも親しかった。中原中也を「カトリック詩人」と呼んだのは河上徹太郎である。

だが、こうした洗礼を受けなかった人々のなかでも芥川の位置は特殊だった。多くの人はキリストへの親近感を語るとき、どこかはにかみのような心情が残っている。キリストを敬するといっても、キリストを、あるいはキリスト教を愛しているとはいわない。しかし、芥川は違った。

「西方の人」の最初に芥川は「わたしは彼是十年ばかり前に芸術的にクリスト教を——殊にカトリック教を愛していた。長崎の『日本の聖母の寺』は未だに私の記憶に残っている。こう云うわたしは北原白秋氏や木下杢太郎氏の播いた種をせっせと拾っていた鴉に過ぎない」という告白めいた言葉を記している。

世にいう信仰とは異なる姿には違いないだろうが、自身の内面から湧き上がるカトリックへの愛には否定しがたい力がある、というのである。

「日本の聖母の寺」とは、長崎の大浦天主堂である。禁教令下の一八六五年（慶応元年）三月十七日に、ここでフランス人のプチジャン神父の前に数人の潜伏キリシタンたちが現れる。一六三七年の島原の乱以降、キリスト教の布教が禁じられ、宣教師たちもこの国を後にしなくてはならなかった。それから二百二十余年のあいだ信徒たちは、司祭という信仰の導き手がいないまま、信仰の火を灯し続けたのだった。遠藤周作の『女の一生　一部・キクの場合』では、そのときの光景が次のように描かれている。

「異人さま……。うちらはみな……異人さまと同じ心にござります」

女の声だった。中年の女の声だった。女がすぐ背後で重大な秘密をうちあけるように、小さくささやいた。

「異人さま。うちらはみな……異人さまと同じ心にござります」

プチジャンは夢からさめたように現実に引き戻されて、眼を大きく見ひらいてうしろをふり向いた。

〔中略〕女はたずねた。

「異人さま。サンタ・マリアさまの御像は、どこ」

プチジャンは立ちあがろうとしたが立ちあがれなかった。あまりの烈(はげ)しい感動に彼は身動きをすることさえできず、

「サンタ・マリアの……像……」彼は呻(うめ)くように言った。

「来なされ」


（『女の一生　一部・キクの場合』新潮文庫）

のちに「キリスト信徒発見」と呼ばれる出来事だが、芥川は、このことが自分のカトリックに感じる愛惜の念と無関係ではありえないと感じている。もしも、あの、短くない試練のとき、潜伏キリシタンたちが信仰を手放していたら、自分とキリストとの出会いもなかったかもしれない、芥川はそう信じている。

「西方の人」は、作品というよりもある種の告白であって、別のいい方をすれば、告白は作品になる、ということが、この作家の凄(すご)みにもなっている。その筆致は作家が語っているというよりも、何かのちからでそれまで口を閉ざしていた「わたし」が語り始めているような響きがある。先に引いた「西方の人」には次のような一節が続く。

> わたしはやっとこの頃になって四人の伝記作者のわたしたちに伝えたクリストと云う人を愛し出した。クリストは今日(こんにち)のわたしには行路(こうろ)の人のように見ることは出来ない。それは或(あるい)は紅毛人(こうもうじん)たちは勿論(もちろん)、今日の青年たちには笑われるであろう。しかし十九世紀の末に生まれたわたしは彼等のもう見るのに飽きた、

――寧ろ倒すことをためらわない十字架に目を注ぎ出したのである。

（『侏儒の言葉・西方の人』新潮文庫）

「行路の人」とは、ただ道ですれ違うだけの人というほどの意味だろう。芥川はすでにキリストに出会っている。その内面においてキリストと邂逅している。容易に言葉にならない、出会いの衝撃が彼にペンを執らせる。

ここで芥川は、キリスト教ではなく、キリストを「愛する」という。彼にとってキリストは、尊敬する相手ではなかった。それは愛さずにはいられない存在だった。信仰とは神への愛である。神への敬意がそこにないとはいわない。しかし、敬意があるところに必ず愛があるとは限らない。そしてここでの「十字架」は避け得ない宿命と試練を意味する。己れの宿命と試練、芥川とキリストが出会った現場だった。

同じ作品で芥川は「日本に生まれた『わたしのクリスト』は必しもガリラヤの湖を眺めていない。赤あかと実のった柿の木の下に長崎の入江も見えている」。そうした自分は、「わたしのクリスト」を語るとき「歴史的事実や地理的事実を顧みないであろう」と書いている。

たしかに芥川は、二千年前のガリラヤ湖畔でイエスが語る声を聞いてはいない。しかし、彼は長崎の入江に復活のキリストを「視ている」。目で見える姿で存在するのではないとしても、もう一つの眼にありありと映るように実在している。芥川は、虚空に何かを言い放つようにこう記している。

わたしは唯わたしの感じた通りに「わたしのクリスト」を記すのである。

（前掲書）

遠藤周作や須賀敦子にも決定的な影響を与えたフランスの作家ジョルジュ・ベルナノスが、キリスト教作家はいつか自分のキリスト伝を書きたいと願っていると書いていた。ベルナノスの言葉は、芥川や太宰のような洗礼を受けないキリスト教作家にもいえる。

二〇一五年、私は『イエス伝』(中央公論新社)を書いた。この作品を書くに至った契機はいくつかあったのだが、この告白めいた芥川の言葉もそのうちの一つだったのかもしれない、と今さらながらに想い出している。そのことを失念している分だけ、芥川との関係は深いのだろう。

真に影響と呼ぶべき現象は、影と響きのごとく、それを受け取る者の魂に音もなく、何事もないかのようにふれてくるからである。

III

信じるということ

裁きの神ではなく、愛の神

父は、本をよく読む人だったが、本をよく買う人でもあった。読むよりも買うことの方が好きだったのかもしれない。年齢も知命を越え、改めて自分の書棚を眺めると、父の書架で見た著者の著作が少なくないことに気が付く。

のちに師となった井上洋治神父の著作も父の書棚で見つけた。井上神父の著作をめぐって、父が少し興奮気味に語っていたのを今でもよく覚えている。十六、七歳のころだったと思う。

父が読んだのは『私の中のキリスト』という本で、著者はそこでキリスト教を信じるとは、詰まるところ「私のイエス」、「私のキリスト」に出会うことにほかならないと書いている。これが父の心を動かした。

父は、どこかに違和感を覚えながら、神を信じるとは、「私の神」ではなく、教会の神、あるいは教条的な神を信じることだと思っていたのである。「私の神」とは恣意的な、自分に都合のよい神であることを意味しない。それは、誰かに与えられた神ではなく、自分の人生で出会った神にほかならない。

井上洋治の主著は『日本とイエスの顔』と題する、最初に刊行された本だ。哲学者の西田幾多郎がそうであるように、優れた書き手は最初の作品にむかって収斂していく、といわれるが、彼もそうした人物のひとりだった。そこで彼は、自身が出会ったイエスの姿を次のように描き出している。文中にある「悲愛」という言葉は、井上洋治を理解しようとするとき、鍵になる言葉で、イエスが体現した愛、すなわち至上の愛にほかならない。

祈りができないのならそれでもよい、悲愛の心がないのならそれでもよい、泥まみれの生活から抜け出られないのならそれでもよい、ただ手を合わせて私の方を向きなさい、私はアッバからいただいた私の、す、べ、て、をこめて、私の方からあなたの方に飛び込んでいってあげる――それがイエスの思いでした。

（井上洋治「第九章　悲愛の突入」『井上洋治著作選集1』日本キリスト教出版局）

ここでの「私」はイエスである。「アッバ」は、イエスが話していたと考えられるアラム語で父親を意味する。すなわち、三位一体の父なる神を指す。だが、「アッバ」の語感は「父上」といった仰々しいものではない。幼子が、ありったけの親しみを込めて父親を呼ぶときに用いられる言葉である。「アッバ」の一語が象徴するように、イエスと父なる神との関係は、絶対的な信頼と情愛によって貫かれていたというのである。裁きの神ではなく、愛の神、それが井上洋治にとってのイエスだった。

多くの日本人は、キリスト教の神を裁きという言葉と同時に想起するかもしれない。それを思い込みだといえない日本におけるキリスト教の歴史もある。井上にとって自らの神学を語るとは、そうした通説に対する異議申し立てでもあった。『新約聖書』の「ヨハネによる福音書」（8・15）には次のような一節がある。

あなた方は肉に従って裁いているが、
わたしは誰をも裁かない。

（フランシスコ会聖書研究所訳注）

ここでの「肉」は人間の掟を意味する。神は神の掟で人を裁く、とイエスはいわない。神は誰も裁かない、というのである。誰も裁くことのない神、井上洋治は生涯を通じてそれを語り続けた。そればかりではない。神は、人が自分のもとへ来るのをじっと動かずに待っているのではない。人が神を探す以上の熱意をもって人間の方へと出向いて行く。それが井上洋治の神であり、イエスだった。

十九歳のとき、上京し、しばらくして井上洋治の講座に参加し、その翌月には、彼の自宅で行われていたミサと『新約聖書』の勉強会に参加していた。彼を師と呼ぶのには少したゆらいがある。そう呼ぶには、私が彼に弟子として認められなくてはならないからである。人間を愛して止まない神、それを礎（いしずえ）に据えた霊性、これを私は彼に伝えられた。

今日でこそ状況は違うが、ある時代までカトリック教会では、信徒だけで『聖書』を読むことはあまりなかった。『聖書』は、読むものではなく、ミサで朗読されるものであり、さらにいえば、目で読み、耳で聞くものというよりも、全身で浴びるように経験するものだった。

すべてのカトリック信徒がそうだったかどうかは知らない。しかし、ある時期まで私の周辺では、ひとりで『聖書』を読むという習慣はほとんどなかった。だが、今は違う。『聖書』はいつも手の届くところにあり、日常生活に、それも生活の深いところに『聖書』が入るようになった。

きっかけは、先にふれた井上洋治神父との『新約聖書』の勉強会だった。十数名の若者で机を囲み、神父が自らの聖書解釈を語る。複数の聖書学者の見解を紹介しながら、しかし、自らの実存的経験に根ざした見解を言葉にする。すでに本に書いたことばかりではなく、今、まさに起こりつつある聖書との出会いを、生々しい経験として語っていた。今から考えると、じつにぜいたくな経験だった。

神父とともに読むと、これまで幾度となくふれてきた聖句が、まったく異なる姿をして眼前に広がるように感じられた。イエスの本拠地であるガリラヤの光景を語るときなど、そこに吹く風や花の香すら感じられるような心地がした。

先にふれた『日本とイエスの顔』で神父は、次のような「マタイによる福音書」(5・43−46)の一節を引いている。この一節に象徴される信仰の態度は、時間をかけて私の心身に浸透し、決定的な影響を与えた。


『隣りの人を愛し、敵を憎め』と言われていたことは、あなたがたの聞いているところである。しかし、わたしはあなたがたに言う。敵を愛し、迫害する者のために祈れ。こうして、天にいますあなたがたの父の子となるためである。天の父は、悪い者の上にも良い者の上にも、太陽をのぼらせ、正しい者にも正しくない者にも、雨を降らして下さるからである。あなたがたが自分を愛する者を愛したからとて、なんの報いがあろうか。

「迫害する者のためにも祈れ」とは、自らを苦しめる者たちのためにも祈れ、ということにほかならない。しかし、それは、自らを苦しめる者によいことがあるようにと祈れ、というのではない。誰かを苦しめることによって自分の立場を確かにするような、この世のありように変化がもたらされるように祈るのである。ただ、「祈り」とは、人間の思うように何かが実現されることを願うのではない。すべてを神の手にゆだねることを指す。

怒りの対象になる人を嫌悪し、怒り、ときに憎むのが人間である。意識下では、その人に鉄槌（てっつい）が下ることを求める。だがイエスは、そうした悪弊から私たちを遠ざける。嫌悪、怒り、憎悪を手放し、それを神の前に差し出せ。そして、その先のことは神に任せよ、という。

仏教哲学者の鈴木大拙が、「無心」とはキリスト教でいう「御心のままに」ということにほかならない、と述べているが、自分にとっての「敵」を神にゆだねるということは、自ずと日々の生活に「無心」を招き入れることになる。奇妙に聞こえるかもしれないが、『聖書』の言葉になじむことによって、私に起こったもっとも顕著な変化は、仏教書を「生きたもの」として読めるようになったことだった。

大拙は、主著の一つ『日本的霊性』で、宗教的生活の果てに霊性が開花するのではなく、霊性の陶冶(とうや)のなかに宗教的生活の門が開かれる、と述べているが、神父が私を導いてくれたのも、教派的なカトリック世界ではなく、霊性的なカトリックという地平だった。

宗派的領域では争いが絶えない。ときに戦争にすら至ることがある。むしろ、人間はそうした歴史を今もなお、積み重ねている。霊性の世界ではそれぞれの宗教が、各々の特性を生かしたままで、他の宗教と共振を深め得る。違いが争いのもとになるのではなく、共鳴を準備する余白になる。

「余白」は、「悲愛」と並ぶ井上洋治を読むときの鍵語である。彼にとって神は余白においてはたらくものだった。我と汝の関係であれば、神は、我とも汝とも関係を持つが、何よりも我と汝を結びつける「と」の境域にこそはたらく。

生と死、善と悪、正と誤、こうした二分法において「裁く」神ではなく、相容れないと思われるものをすら融和させるもの、それが井上洋治の信じた神だった。

何かを知ろうとする精神は、誤りを恐れる。だが、何かを信じようとする霊性は、正誤を超えた謎の前で自らの人生を深化させようとする。正解なき地平に生の現場を求めるようになるのである。

うめきという無音の叫び

父の書棚には、本が多いだけでなく、「読書」に関する本も少なからずあった。各界で活躍している人々が、「わたしの一冊」をめぐってエッセイを書く。そうした文章をまとめたような本が複数並んでいた。読書家がどんな書物に打たれたのかを読む。それは、旅行家の記録を片手に、地図を広げて未開の地を想像するのに似た楽しみがあった。

高校生の頃だったと思う。そうした本で誰かが「わたしの一冊」として『聖書』を挙げていたのを読んだとき、どこか複雑な心境だったのを覚えている。『聖書』

の次によく読まれた」という表現があるように、『聖書』が時代を超えたベストセラーであることは改めていうまでもない。しかし、ベストセラーがいつもよき読者に恵まれているわけではない、というのも否定しがたい事実である。

何とも表現しがたい感情に包まれたのは、その選択が、どこかありきたりで、好感をもてなかったからでもあるが、『聖書』が人生の一冊になるような人生を羨む気持ちもあった。そして、この本を人生の伴侶にする人生というのは、当時の私にはまったく想像できなかった。

『聖書』というと、多くの日本人は『新約聖書』を思い浮かべるかもしれないが、精確とはいえない。『聖書』は『旧約聖書』と『新約聖書』を合わせたものをいう。『聖書』が多くの人に読まれたのは、キリスト教が世界に広まったということでもあるが、他の霊性を生きている人たちも、この本を無視できなかったということでもある。

たとえば、哲学者の西田幾多郎も『聖書』を読み、西田の親友だった鈴木大拙も『聖書』に親しんだ。ある意味で二人の霊性を受け継いだ井筒俊彦の人生を変えたのは、若き日に出会った「ヨハネによる福音書」に記されている「初めにみ言葉があった」(1・1)という、あのよく知られた一節だった。

その経験は井筒にヘブライ語を学ばせるに至る。理由は『旧約聖書』を原語で読んでみたいという、抑えがたい気持ちからだった。ヘブライ語の教室で井筒が出会ったのが、のちに『旧約聖書』研究の泰斗となる関根正雄だった。関根は、最晩年の内村鑑三門下の一人でもあった。井筒と関根は生涯の友になった。『聖書』をめぐる人の輪を考えるだけで、近代日本精神史の忘れられた重要な頁に光が当たることになるだろう。

『聖書』とは何かを一言でいうのは難しい。だが、長く親しんでいると、宇宙を内に秘めたような、この一冊の書物が、一つの言葉に収斂していくように感じられることもある。今の私にとって『旧約聖書』は「うめき」の書なのかもしれない。「詩篇」(54・18)には次のような一節がある。

夕にも朝にも昼にも

わたしはうめきつつ訴える
　彼はわが叫びを聴き給う。

（関根正雄訳）

「彼」と記されているのは「神」である。神は無音の叫びとなったうめきを聞き逃さない、というのだろう。

ここで「うめき」と訳されている言葉は、別な翻訳では「嘆き」となっている。原語は「うめき」とも「嘆き」とも訳せるのだろうが、日本語においては「うめき」と「嘆き」の語感には明らかに差異がある。

人は誰かの前で嘆くことはある。だが、うめかない。さらにいえばうめくことができない。うめくとは、真の意味で人が孤独であることを感じたときに起こる出来事だからだ。

また、うめきは容易に癒されない悲しみの営みだが、同時にそれは愛（かな）しみの営みでもある。そして、うめきは言葉を超えた神への真摯（しんし）な呼びかけにもなる。

うめきの霊性と呼ぶべきものは、『新約聖書』にも受け継がれている。「使徒言行録」(7・34)には、うめきをめぐって次のような言葉がある。

わたしは、エジプトにいるわたしの民の苦しみをつぶさに見た。また、その呻き声も聞いた。そこで、彼らを救い出すために下って来た。さあ、今、お前をエジプトに遣わそう。

ここで「わたし」と語っているのは神で、「わたし」はモーセに向かって話している。神はモーセに呻き声が聞こえたので、人々を救うために来た、という。先の一節は、イエス亡きあと、その弟子たちが、『旧約聖書』に記されているモーセに起こった出来事を追想している場面にある。

『新約聖書』の註釈を読むと、先の言葉は「出エジプト記」(3・7—8)に呼応すると記されている。『旧約聖書』の該当個所にはこう記されている。

わたしは、エジプトにいるわたしの民の苦しみを確かに見、酷使（こくし）する者の故の彼らの叫びを聞いた。わたしは彼らの痛みを知っている。わたしは彼らをエジプト人から救い出し……

「出エジプト記」では「叫び」だった言葉が、「使徒言行録」では「呻き」になっている。『旧約聖書』が書かれたヘブライ語と『新約聖書』ギリシア語を対応させ、その差異を確認すれば、おそらく、問題の言葉は、嘆きとも呻きとも叫びともいえる、ということになるのだろう。だが、今、私が考えてみたいのは、嘆きと呻きと叫びの差異なのである。それは、大きな声で嘆き、叫ぶこともなく、一人呻くものに神はどう応えるかという問題だといってもよい。

声を上げなければ、誰も耳を傾けてくれない。それがこの世の常であることは理解できる。だが、それは神の前でもそうなのか。神は、声を上げる力さえ失われた人にこそ、寄り添うのではないか。むしろ、神は、呻きの声こそ最初に聞き届ける、そう思われてならないのである。

涙という糧

『聖書』をめぐっては、ある誤認に接することがある。『旧約聖書』はユダヤ教の聖典で、『新約聖書』がキリスト教の聖典である、という認識が「常識」になっているのである。たしかに、『旧約聖書』はユダヤ教の聖典で、『新約聖書』はキリスト教の聖典であるのは間違いない。しかし、『旧約聖書』はキリスト教の聖典でもある。キリスト者は、『旧約聖書』を世にあまたある文献の一つだとは考えていない。ここには「神」の言葉が記されていると信じている。

それならば、キリスト者は『旧約聖書』と『新約聖書』を同等に考えているかといえば、やはり『新約聖書』に重きを置くと答えなくてはならない。キリスト者にとって『旧約聖書』は、救世主であるイエスを「準備」した道程の記録であり、『旧約聖書』に記されている律法や戒律は救世主であるイエスの出現によって「完成」されたのだった。

ただ、キリスト教と一言にいっても、カトリック、プロテスタント、東方教会と大きくは三つの教会がある。さらにプロテスタントには数百の教派があり、どの文書を聖典と考えるかも一様ではない。『旧約聖書』と『新約聖書』の連続性はどの教会も認めている。いわば、上下二巻の書物で、その歴史にはイエスの誕生という決定的な分水嶺（ぶんすいれい）がある。通常はそう考えられている。

しかし、キリスト者のなかには『聖書』は、二巻で構成されているのではなく、どこまでも「一巻の書」である、と強く主張する人がいる。無教会運動を牽引（けんいん）した内村鑑三（一八六一～一九三〇）だ。「聖書の大意」と題する一文で内村は『聖書』の一貫性をめぐって次のように書いている。

聖書は文庫ではない、一巻の書である、故に其大意を知ることが出来る、聖書は人の救拯に関わる神の企図を記したる書である、創世記を以て始まり〔ヨハネの〕黙示録を以て終る、旧約新約の別ありと雖も二巻の書に非ずして一巻の書である、敢て問う其教えんと欲する所の大意は何んである乎。

（『内村鑑三全集　第24巻』岩波書店）

ここでの「文庫」とは文書が集積されたものを指す。『聖書』はいくつかの書物が積み重なって出来上がったものではない。この世の始まりを記した「創世記」から終末のありようを描いた「ヨハネの黙示録」に至るまで、「救拯に関わる神の企図」によって貫かれた「一巻の書」である。むしろ、そう読むことでこそ「聖書の大意」に近づくことができる。それは動くことのない確信である。しかし、それをあえて、ここで論じ直してみたい、というのである。

先に挙げた三つの教会と内村の無教会の差異を端的に理解するには預言者の位置を確かめてみるのがよい。キリスト教は、イエス以降の預言者を認めない。イエスは「神」であって預言者ではない。預言者とは「神」の言葉を預かる者だが、「神」であるイエスが世に顕われ、イエスの死ののちは聖霊が働いている。預言者の役割はイエスの誕生をもって終わった、とキリスト教は説く。

だが、内村および、彼と信仰を同じくする無教会の人々にとって預言者は、今も顕われ得る存在だった。

内村鑑三は自分を預言者だとは決して言わなかった。しかし、内村を追悼する式典で後継者の一人だった藤井武が、内村の生涯とは預言者の生涯ではなかったか、と語っている。そこで述べられているのは比喩的な言説ではない。内村の近くに接した人たちはそこに『旧約聖書』に描き出された預言者の復活を見ていた。

既存の教会の人々が内村の言葉を容易に受け容れられなくても驚くに値しない。ただ、そうした神学や教理の違いがあったとしても、彼の存在を無視できない理由は、彼と彼のもとに集った人々の信仰を語る言葉のちからにある。そして、彼らが『聖書』を読む、その深さにある。『旧約聖書』の「ヨブ記」にふれつつ内村は、『聖書』を読むときの態度をめぐって、印象的な言葉を残している。

故にこれ〔「ヨブ記」〕を文学として研究する時は、一の謎として終るのみである。身自ら人生の苦難に会し、悲痛頻(しき)りに心に往来するを味(あじわ)い、しかも神を信ずる信仰とわが苦難との矛盾に血涙(けつるい)止めあえざりし人――この種の人が深き同感と少からぬ敬意とを以てこの書に対する時は、この書を理解し得るのみならず、この書より得る処少なくないのである。

（内村鑑三『ヨブ記講演』岩波文庫）

『聖書』は世にいう「研究」の対象に終わる書物ではない。「研究」の眼では見ることのできない層が聖典には存在する。そこに人間を導くのは、あるいはそこに至る道を照らし出すのは、苦難と悲痛と血涙にほかならない、というのである。

血涙という言葉は内村の造語ではない。「血の涙」という表現は『古今和歌集』にも記されている。だが「血涙止めあえざりし人」とは、内村自身のことでもあったのだろう。「血」はしばしば純粋を意味する。ここでの血涙も頬を流れる涙が涸れたあと、心を流れる見えない涙だと理解したほうがよいように思う。

「ヨブ記」は、敬虔なる人ヨブが、神から与えられる耐え難い試練をどのように生き抜いたかを描き出す「物語」である。あるとき、「敵対者」（『ヨブ記』関根正雄訳）と記されている悪霊が、神にむかって、ヨブのような人間でも、大切なものを奪われれば神を呪詛するようになるのではないか、という。だが、神の認識は違った。神は悪霊に思うままに、ヨブを苦しめてみるがよいという。

ヨブは愛する人だけでなく、財産や健康など、世に美徳とされるあらゆるものを奪われた。しかし彼は、最後まで神への信頼を捨てなかった。

この物語の主題は「敬虔」とは何かである、という言説にしばしば出会う。もちろんヨブは比類なき敬虔な人間である。それを疑うことはできない。しかし、その敬虔はどこからくるのか。敬虔とは人間が努力によって成し遂げる成果なのだろうか。

あるときまで、信仰とは努力によって深めるものだと考えていた。しかし、今はその努力さえ、何かの助力がなければ行い得ないと感じている。人は生きているというよりも、生かされているのだ、という打ち消しがたい実感がある。

かつて「ヨブ記」は試練と意志と祈りの書のように感じられた。だが、今の私にはやはり神の愛の物語のように映る。ヨブの敬虔すら、神からの愛によってもたらされているように映る。

確かに、ヨブは神の手を放さなかった。だが、その以前に神がヨブの手を放さなかったのではないか。「敵対者」は、ヨブがいつ神の手を放すのかを見ている。だが、「敵対者」には神の手は見えない。あるいは、神は「敵対者」には見えないかたちでヨブ――すなわち人間――を包んでいるといったほうがよいのかもしれない。もしも神が、ヨブの手を放していたら、彼の存在は一瞬にして消え去っていただろうことを今は疑わない。

神の手はいつか、人から離れていくのか。そうした問いを前にしたときは、いつも「ヨハネによる福音書」（12・47）の次の一節が思い出される。

わたしの言葉を聞いて、

それを守らない人がいても、
わたしはその人を裁かない。
わたしが来たのは、
世を裁くためではなく、
世を救うためである。

（フランシスコ会聖書研究所訳注）

人は、人を裁く。だが、神は人を裁かない。私たちは神ではない。だから、神を人に近づけすぎて理解しようとしてはならない。『聖書』を読むとき、このことをしばしば思い返している。

『聖書』の読書法

普遍的な読書法は存在しない。もちろん文法や文字、つづり方には正しい読み方がある。しかし、意味の世界においては、私たちが学校で習ってきたような「正しい」読み方は存在しない。むしろ、「読み」はつねに、二度と繰り返されることのない、固有の経験として生起する。

「読む」とは、瞬間と持続の両面における認識の鍛錬にほかならない。ある決定的な言葉に出会うという意味では読書は瞬間の経験だということもできるが、その意味を深めようとするとき、私たちは持続という地平に導かれる。意味を味わうというより、意味は味わい続けるべきものなのである。

もしも、本をほとんど読まなかった頃の自分に助言できるなら、芥川龍之介のような短編小説もよいが、詩を読めというかもしれない。ことに『旧約聖書』の「詩篇」がよいと伝えたい。

若いときに長編小説をあまり読まなかったことの後悔はない。むしろ、世界文学に名前が刻まれたような作品は、ある年齢を経てから読むことにも意味がある。だが、「詩篇」(42・2―6)はもっと早い時期に知っておきたかった。ここには誰も避けることができない人生の試練を生きぬくための真の敬虔(けいけん)と叡知が記されているからだ。

鹿が乾いた河床に向かってあえぐように
ヤハウェよ、わが魂もあなたに向かってあえぐ。
わが魂はヤハウェに向かい
生ける神に向かってうえかわいている。

いつわたしは行って、
ヤハウェのみ顔を見うるのであろう。
彼らが一日中わたしに向かって
「お前の神はどこにいる」と言いつづける間
涙は昼も夜もわたしの糧であった。
かつてわたしは喜びと讃美の声をあげ
祭りを守る多くの群とともに
栄光の幕屋、神の家へと入った。
このことを今想い起こして、わたしは
わが中にわが魂を注ぎ出す。
わが魂よ、何故くずおれ、
わが中にうめくのか。

（関根正雄訳）

耐え難い悲痛のなか、食べものものどを通らないような日々でも、人は、「涙」を糧にして生きていくことができる。そして、涙のなかで神の名を呼ぶとき、そこに「生ける神」を感じる、というのである。

高校生だった自分が、この一節を読んで何か、はっきりとしたものを感じ得たとは思わない。しかし、得体の知れない何かは感じたかもしれない。そして、それから四半世紀ほどあとに、悲しみの底で生きなくてはならなくなったとき、記憶の深みから、この一節がよみがえってきたのかもしれない。

多くの人は、今、何かを理解するために本を読む。だが、読書は今のためだけでなく、人生という持続の座標軸において営まれてよい。それはまさに言葉の蓄え、言葉の備えだといってよい。「備えあれば憂いなし」とは、言葉においてもいえるのである。

哲学者の井筒俊彦が『コーランを読む』という著作で『旧約聖書』の「詩篇」をめぐって興味深い言葉を残している。

ユダヤ教は偶像崇拝を固く禁じている。彫刻、絵画はもちろん、「物」を神と結びつけることを強く戒める。もちろん、護符、お守りのようなものを持つこともない。だが、「詩篇」の言葉だけは別だった。人々は、偶像崇拝を禁じた戒律を知りつつ、「詩篇」の言葉を何かに書き付け、あたかも護符のように肌身離さず持っていた。その言葉は邪(よこしま)なものからわが身を護るとすら信じていた、というのである。

言葉はときに人間を守る護符になる。自分の人生を振り返ってみても、そのことを教えてくれたのは『聖書』だった。

いのちの声、沈黙の声——教皇フランシスコからの問いかけ

二〇一九年は、日本とバチカンとの関係において、いくつかの点で記念すべき年だった。バチカンが、日本への教皇使節を任命してからちょうど百周年になり、また、聖フランシスコ・ザビエルが、この国の土を踏んでから四百七十年になる。そして、三十八年ぶりにローマ教皇が来日した。先に来日したのは前々の教皇だった聖ヨハネ・パウロ二世だった。

聖座に就いてほどなく、現教皇のフランシスコは、これからの教会像をめぐって人々を驚かすような発言を繰り返した。カトリック教会は、カトリック信徒のため

だけの教会であってはならない。教会は「野戦病院」でなくてはならないというのである。「野戦病院」という言葉の背景には、生きるとは、不可避的にある種の戦いになる、という教皇の認識がある。事実、多くの人が差別や強制といった時代の闇と、あるいは世界観、価値観のゆがみと戦っている。

カトリックには教皇によるもっとも重要な公開書簡というべき「回勅（かいちょく）」という文書がある。フランシスコの回勅『ラウダート・シ』の副題には「ともに暮らす家を大切に」という一節が添えられている。ここにも教会は際限なく開かれなければならないという彼の霊性がかいま見える。また、教皇は教会は「つねに開かれた父の家」（『使徒的勧告　福音の喜び』）でなくてはならないと書いたこともある。「父の家」とは、すなわち「神の家」にほかならない。「つねに開かれた」とは、現代の教会はしばしば「開かれて」いなくてはならないときに「閉じて」いることがある、という強い警鐘の表現でもある。教会は人々が集う場所でもあるが、「神の家」でもある。そこを特定の人間が占拠するのは好ましくない。信徒の仕事はむしろ、いつ神と神の友が来てもよいようにその場を準備することだというのだろう。「神の友」をめぐって、あるときイエスはこう語った。

もう、わたしはあなた方を僕(しもべ)とは呼ばない。
僕は主人が何をしているか、
知らないからである。
わたしはあなた方を友と呼ぶ。
わたしは、父から聞いたことはすべて、
あなた方に知らせたからである。

(『新約聖書』「ヨハネによる福音書」15・15　フランシスコ会聖書研究所訳注)

ここでの「あなた方」は、もちろん、イエスの言葉を直に聞いた弟子たちである。しかし、「読む」という営みは、この言葉を目にする者たちをさらなる深みへと誘う。「あなた方」とは、イエスの言葉、イエスの生涯を示されているすべての人々だと解することもできるだろう。教皇フランシスコが「ともに暮らす家」、あるいは「つねに開かれた父の家」というのにも同質の実感がある。

教皇は、さまざまな意味で「貧しい人」たちこそ神の友であるという。ここでいう「貧しさ」とは、金銭的に貧困であることだけを意味しない。今日を生きることに困難をかかえているすべての者たちを意味する。さらにいえば、神の友であろうとすれば、人は自分のなかに神の前における「貧しさ」を探さねばならないのだろう。

今回の来日は「すべてのいのちを守るため」という言葉のもとに行われた。ここでいう「いのち」は、身体的生命だけを意味するのではない。人間の尊厳、さらには死ののちも生き続ける「永遠のいのち」をも含む。

到着したその日、教皇が日本のカトリック教会を率いる司教たちの前で語ったのは、現代社会を席巻しつつある「いのち」の危機をめぐる自らの認識だった。「わたしたちは、日本の共同体に属する一部の人のいのちを脅かす、さまざまな厄介ごとがあることに気づいています。それらにはいろいろな理由があるものの、孤独、絶望、孤立が際立っています」と述べたあと、教皇はこう続けた。

この国での自殺者やいじめの増加、自分を責めてしまうさまざまな事態は、新たな形態の疎外と心の混迷を生んでいます。それがどれほど人々を、なかでも、若い人たちを苛（さいな）んでいることでしょう。皆さんにお願いします。若者と彼らの困難に、とくに心を砕いてください。有能さと生産性と成功のみを求める文化が、無償で無私の愛の文化に、「成功した」人だけでなくだれにでも幸福で充実した生活の可能性を差し出せる文化になるよう努めてください。

（「日本司教団との会合」『すべてのいのちを守るため　教皇フランシスコ訪日講和集』カトリック中央協議会）

ここでいう「日本の共同体」とは、日本のカトリック教会とその信徒だけを指すのではない。日本にいる「すべて」の人を指す。そこにはもちろん、日本国籍以外の人たちも含まれる。日本の教会は、日本国籍を有する人のための教会ではない。どんな理由であれ、日本にいるすべての人たちのための教会でなくてはならない。最初に行われた講話で教皇が「いじめ」と「自殺」の問題に言及していることを見過ごしてはならない。「いじめ」とは、「いのち」の尊厳を踏みにじることにほかならず、「自殺」は「孤独、絶望、孤立」と無関係であろうはずがないからである。

現代における「いのち」の危機は、必ずしも迫害というかたちをとらない。それは「孤独、絶望、孤立」という試練を伴って現れることもある。ここでの「孤独」は、選び取った孤独ではなく、強いられた孤独である。「絶望」とは、希望を絶たれている状態を指す。そして「孤立」とは、誰の目にもふれないところで「孤独」と「絶望」を抱きしめるほかない境遇を意味するのだろう。これらはみな、「いのち」の危機になる。

さらに教皇は、若者たちが、世にはびこる成功物語という偽りの神話に飲み込まれつつあることにも警鐘を鳴らす。

現代では大学などの教育機関でも何の反省もなく「人材」という言葉が用いられる。教育はどこまでも「人間」を育み、その人自身に内在する何かが開花するのに寄り添う営みでなくてはならないはずなのに、社会に有用な「人材」を育成する場になっている。何が「有用」であるかは移ろいやすい。「有用」ではないと判断された「人材」は不要であるとみなされる。

「人間」が開花する。そこにある社会生活における有用性が伴うことは珍しくない。しかし、有用性を探求しても、そこに必ずしもその人自身になる道が開かれるとは限らない。

世にいう「成功」によってその人の存在価値を量るような場ではなく、「いのち」の連帯に生きる意味を見出せる、そうした場を作っていかなくてはならない。それは喫緊(きっきん)の課題だと教皇はいうのだろう。「いのち」の連帯において不要な人など存在しない。長崎の爆心地公園で語られた「核兵器についてのメッセージ」で教皇はこう語った。

責務には、わたしたち皆がかかわっていますし、全員が必要とされています。今日もなおわたしたちの良心を締めつけ続ける、何百万もの人の苦しみに無関心でいてよい人はいません。傷の痛みに叫ぶ兄弟の声に耳を塞(ふさ)いでよい人はどこにもいません。対話することのできない文化による破滅を前に目を閉ざしてよい人はどこにもいません。

（前掲書）

ここでの「皆」もまた、爆心地公園で、教皇の話を直接聞いた人々だけでない。文字通りの意味で「すべて」の人に「いのち」の連帯への門は開かれている。「傷の痛みに叫ぶ兄弟の声に耳を塞いでよい人はどこにもい」ない、という一節を私たちはもう一度、かみしめてよい。さまざまな「痛み」を背負って生きなくてはならない者たちの「声」は、しばしば、私たちの耳には届かない、沈黙のうめきとなって世にとどろいている。

目に見えないものを視る眼を心眼(しんがん)という。それに似て、耳に聞こえない「声」を受け取る「耳」を心耳(しんじ)という。心眼に比べ、心耳という言葉が知られていないのは、私たちがこれを用いることが少なくなっているからだろう。

私たちが文字にも声にもならない、うめきの地平に立つとき、教皇がいう「出向いて行く教会」（『福音の喜び』）という言葉の真義が浮かび上がる。声を上げた人たちに寄り添うだけでなく、声なき人たちのもとへ「出向いて行く」という使命が眼前にあるのである。広島を訪れたとき、教皇は、声にならない「声」をめぐってこう語った。

わたしは記憶と未来にあふれるこの場所に、貧しい人たちの叫びも携えて参りました。貧しい人々はいつの時代も、憎しみと対立の無防備な犠牲者だからです。

わたしは謹んで、声を発しても耳を貸してもらえない人たちの声になりたいと思います。

（「平和のための集い」前掲書）

あの地で、この言葉を聞いたときの衝撃は今もありありと想い出すことができる。

おそらく、あの場所に集まった数千人のほとんどが――もちろん私も――教皇が何を語るのかに耳を傾けた。しかし、そうした姿勢に教皇は「否」を突きつける。私たちが真に耳を傾けなくてはならないのは教皇フランシスコの声よりもまず、「貧しい人たちの叫び」、そして、「声を発しても耳を貸してもらえない人たちの声」にほかならない。

今、さまざまな場所で「いのち」が危機に瀕（ひん）している。だが、私たちに求められているのは「いのち」とは何かを語り合い、理解することだけではない。それを「守る」ことなのだろう。

身体的な能力において人は平等ではない。だが、「いのち」の尊厳において人は、はじめて真の平等の地平に立つ。すべての「いのち」は、比較を絶した固有の意味と価値を持つ。万人は、この地平において初めて平等になる。先にふれた『福音の喜び』には、次のような一節が記されている。

いのちは与えることで強められ、孤立と安逸によって衰えます。事実、いのち

をもっとも生かす人は、岸の安全を離れ、他者にいのちを伝えるという使命に情熱を注ぐ人です

（『使途的勧告　福音の喜び』カトリック中央協議会）

私たちは、「いのち」とは何かを自分で理解するだけでは十分ではない。そのほんとうの意味を他者と分かち合わなくてはならない。むしろ、他者とのあいだにあるとき、「いのち」はその輝きを増す。さまざまな営みを通じて、他者に「いのち」を与えることでこそ、「いのち」は強められる。「いのち」を与える、とは全身で何かに参与することだと考えてよい。

カトリックでは毎週のミサに与る（あずかる）という。ミサの列に連なるとは、神からの恵みを受けることだけを意味しない。神とともに働こうとする意志を確かめ、神の助力を感じなおすことでもある。それは全身全霊で神の家に参与することを指す。『福音の喜び』には次のような一節も記されている。

ここにわたしたちは人間のあり方についてもう一つの深い法則を見いだします。つまり、他者にいのちを与えるときにこそ、いのちは成長し、成熟します。つまるところ、それが福音宣教です

神について、あるいはイエスについて声高に語ることだけが、「福音宣教」なのではない。互いに「いのち」の実在をありありと感じられる時空を切り拓くこと、そしてそれを守り続けることが、福音、すなわち神の喜びの知らせを宣べ伝えることになる。

だがもしも、傍らに誰もいないとき、人はどうするべきなのだろう。ここでの「他者」は、生ける隣人だけを指すのではない。そこには亡き者たちも含まれる。私たちは亡き者たちとの沈黙の対話を通じても「いのち」とは何かをめぐって、考えを深めることすらできる。さらにいえば、「いのち」の対話は、多くの場合、沈黙のなかで交わされる。『使徒的書簡　あわれみあるかたと、あわれな女』で教皇は、沈黙のはたらきにふれ、感覚可能な文字や言葉だけが人と人とをむすぶのではない。「時

には、沈黙もまた、大きな助けとなることができ」ると述べ、こう続けている。

　とくに、苦しんでいる者からの問いに答えることばを、わたしたちが見いだせないときです。しかし、ことばがかけられないときは、一緒にいて、近づき、愛し、そして手を差し伸べる人の同情が、これを補うことができます。沈黙が、負けたことのしるしであるというのは本当ではありません。反対に、力強さと愛の瞬間です。沈黙もまた、わたしたちの慰めの言語に属しています。なぜならそれは、兄弟あるいは姉妹の苦しみを分かち合う、具体的なわざとなるからです。

（『使途的書簡　あわれみあるかたと、あわれな女』カトリック中央協議会）

　現代人は、過度に言葉を用いているのかもしれない。そればかりか、言葉を多用するあまり沈黙のはたらきを見失っているのかもしれない。

　祈るとき人は、声に出して何かを唱えることもある。しかし、沈黙のうちに神とのつながりを確かめようとするときもある。祈りが深まるとき、必ずしも声は大きくならない。むしろ沈黙の深まりを経験する。そこで人は、神と亡き者たちを含む隣人だけでなく、未知なる自分自身とさえも出会い直すのではないだろうか。

あとがき——妙(みょう)の世界と沈黙

　何かと真剣に向き合おうとするとき人は、幾つかの条件を満たさなくてはならない。深く自分とつながること、今を生きること、そして沈黙のちからを借りることだ。

　自己と時と沈黙が一つになるとき、何かが起こる。このことを私たちは本能的に知っているのかもしれない。だからこそ、大いなるものの前で祈るとき、自己と時と沈黙を供物(くもつ)として捧げるのである。

　今、私たちは、およそ二年になろうとする未曾有の危機を生きている。誰も経験したことがないこの日々は、私たち人間に、眼前の事象だけでなく、過去を、あるいは将来さえも、もっとよく観、よく感じることを求めているように感じられる。

そうした行為をむかしは観察といった。だが、観察という言葉は今日、ほとんどその原義をとどめていない。

「観」は人生観、世界観というように、単に「見る」だけでなく、何かが観えてくることを意味する。また、それは表象不可能な何かを「観る」ことでもある。「察」は、洞察、察知というように五感を超えた感知能力を指す。人の心を察する。それは本人すら気がつかない心のありようにふれることを指す。

仏教には「妙観察智」という言葉がある。それは「妙」というべき不可思議なはたらきを認識すること、真の意味での叡知のちから、叡知のはたらきだといってよい。「妙」とは何か。鈴木大拙が、この一語をめぐって興味深い言葉を残している。

> 一本の線を引いてもちょっと手をあげても、指さしても、そこに妙が出てくる。妙は指そのものにあるのでなくして、指なら指、手なら手をあげたとこ

ろの裏に、ひそんでいるものを、手を通して、指を通してみるところに在るのである。それは禅でいう大事なところである。東洋の人はそこへ目をつけているることが、西洋の人より深いのではないかと信ずる。どうも西洋のほうはテクニックにとらわれているというか、意識でもってこれがいいとか悪いとかいって、そして描くとか彫刻する。そうするとほんとうの美は出てこない。ほんとうの美にはある意味ではteleology（目的論）があってはいけないんで、目的があったらその意識がくっついて出るから我というものが出る。そうすると妙は出てこない。

（「『妙』について」『東洋的な見方』角川ソフィア文庫）

「妙」はどこにでもある。一挙手一投足にそれは存在する。「妙」は、ぎこちなくないこと、それがそのように、そのままであること、そして、止まっていないこと、大きな流れとのつながりのなかに在ることだといってよい。美妙という言葉もあるように「妙」のあるところには、必ず美が伴っている。精妙、絶妙、あるいは神妙という表現もある。

大拙のいうように「妙」を感じるのは難しい。そうだとしても「妙」は私たちの日常を離れない。「妙」が損なわれたときに、「奇妙」といったかたちで「妙」を認識する。「妙」は、強く目的を持つ者の眼には映らない。過度な目的は眼のはたらきを鈍らせる。もちろん、ここでの「眼」は、肉眼ではなく、心眼を指す。目的の罠を感じるのは難しくない。それは旅の目的を決めるという、現代人には当たり前になったこの習慣が、どれほど旅の醍醐味を失ってきたかを考えれば足りるだろう。人生は旅である。この言い古された表現には比喩以上のものがある。

これまで私たちは、情報や討議といった喧騒(けんそう)のなかに自分の生きる道を探してきた。だが、そこで見つかるのは、すでに誰かが歩いた道であり、ついには自分の道にはならないものばかりではなかったか。

積み上げられたのは、言葉によって語り得る、ある種の事例であって、一人の人間が、全身を賭して生きた軌跡ではなかった。そこに人生の妙味を感じるのは困難なのではないだろうか。

危機の日々は、私の生活を変えた。何かを語ろうとする前に沈黙すること、そして、沈黙を強いられる場所に身を置くことの重みを知った。

沈黙するときにだけ聞くことのできる声がある。そのとき人は、鼓膜を動かす音ではなく、無音の響きをもって胸に迫ってくる声に出会うのである。

*

言葉が書物となっていく道程は、ゲーテもしばしば語ったように、まさに「変容（メタモルフォーゼ）」の出来事だといってよい。この本に収められた文章を書いたのは私だが、それが一冊の本になっていくのには、別種の創意が求められる。

編集を担当してくれたのは、亜紀書房の内藤寛さんである。彼と出会った日のことははっきり覚えているが、これほど深く、また数多くの仕事をするとは思わなかった。何か新しいことを、と思案をめぐらせ、一冊目の本が出来上がるのには少し時間を要した。だが、あの待つ時間が今日の土壌になっていることを疑わない。

校正は、牟田都子さんに担当してもらうことができた。書物の信用を担保するのは校正である。書き手は思いを誠実に書き記すことに全力を傾けるが、それゆえに誤りを含むことがある。そこを改めてくれる校正者もまた、もう一人の「書き手」なのである。

装丁は、矢萩多聞さんにお願いできた。多聞さんとは単著で三冊目の仕事になる。多聞さんの装丁には、いつも物語がある。装丁が、書き手によって語られた独語にいのちを吹き込む。読者は多聞さんの仕事に、文字とは異なるコトバによって記された、いのちの物語を発見しているに違いない。

最後に、ここに記すことのできない、日々、支えてくれている多くの人たちにも心からの謝意を贈りたい。彼、彼女たちこそ、沈黙のうちに、書くという営みを守護してくれているのである。

二〇二一年七月二十日　五十三歳の誕生日を前にして

若松　英輔

初出

悲しみに出会う――『暮しの手帖』二〇二一年四―五月号
詩は手紙である――『暮しの手帖』二〇二一年四―五月号
悲しみから愛しみへ――『暮しの手帖』二〇二一年四―五月号
詩を読む、詩を書く――『暮しの手帖』二〇二一年四―五月号
消えない記憶――『暮しの手帖』二〇二一年四―五月号
詩と出会う――『人文書のすすめ』人文会二〇一八年九月
詞と詩のあわいで――中島みゆき第二詩集『四十行のひとりごと』を読む――道友社専用ホームページ
モモと秘められた熱――『MOE』二〇二一年三月号
誰にもいえない苦しみ――岩波書店・推薦文 二〇二一年
「時」を生き、「光」と交わる――ルドルフ・シュタイナー『魂のこよみ』――『母の友』二〇二〇年十一月号
見えない手紙――東京書籍「新しい国語 2 教師用指導書 研究編（上）令和三年版」
言葉の宝珠――『言葉の贈り物』韓国語版へのあとがき
哲学者の習慣――『銀座百点』二〇二一年四月号
怒りという愛情――村井理子『兄の終い』を読む――東京新聞二〇二〇年五月三十日
祈りと願い――『道標』二〇一八年冬季号
沈黙と弱き者たちの声――共同通信二〇二〇年十一月配信

死を光で照らした人――アルフォンス・デーケン――共同通信　二〇二〇年九月配信

芥川龍之介とマリア観音――ＮＨＫこころの時代『それでも生きる　旧約聖書「コヘレトの言葉」』二〇二〇年三月

芥川龍之介が愛したキリスト――ＮＨＫこころの時代『それでも生きる　旧約聖書「コヘレトの言葉」』二〇二〇年三月

裁きの神ではなく、愛の神――ＮＨＫこころの時代『それでも生きる　旧約聖書「コヘレトの言葉」』二〇二〇年三月

うめきという無音の叫び――ＮＨＫこころの時代『それでも生きる　旧約聖書「コヘレトの言葉」』二〇二〇年三月

涙という糧――ＮＨＫこころの時代『それでも生きる　旧約聖書「コヘレトの言葉」』二〇二〇年三月

『聖書』の読書法――ＮＨＫこころの時代『それでも生きる　旧約聖書「コヘレトの言葉」』二〇二〇年三月

いのちの声、沈黙の声――教皇フランシスコからの問いかけ――『カトリック生活』二〇二〇年三月号

若松英輔（わかまつ・えいすけ）

一九六八年新潟県生まれ。批評家、随筆家、東京工業大学リベラルアーツ研究教育院教授。慶應義塾大学文学部仏文科卒業。二〇〇七年「越知保夫とその時代 求道の文学」にて第十四回三田文学新人賞評論部門当選、二〇一六年『叡知の詩学 小林秀雄と井筒俊彦』（慶應義塾大学出版会）にて第二回西脇順三郎学術賞受賞、二〇一八年『詩集 見えない涙』（亜紀書房）にて第三十三回詩歌文学館賞詩部門受賞、『小林秀雄 美しい花』（文藝春秋）にて第十六回角川財団学芸賞、二〇一九年に第十六回蓮如賞受賞。

著書に『イエス伝』（中央公論新社）、『生きる哲学』（文春新書）、『霊性の哲学』（角川選書）、『悲しみの秘義』（ナナロク社、文春文庫）、『内村鑑三 悲しみの使徒』（岩波新書）、『詩集 たましいの世話』『常世の花 石牟礼道子』『本を読めなくなった人のための読書論』『弱さのちから』『魂にふれる 大震災と、生きている死者【増補新版】』（以上、亜紀書房）、『詩と出会う 詩と生きる』『14歳の教室 どう読みどう生きるか』（以上、NHK出版）、『霧の彼方 須賀敦子』（集英社）など多数。

沈黙（ちんもく）のちから

2021年9月16日　初版第1刷発行

著者　若松英輔

発行者　株式会社亜紀書房
〒101-0051 東京都千代田区神田神保町1-32
電話 (03)5280-0261　振替 00100-9-144037
https://www.akishobo.com

装丁　矢萩多聞

DTP　コトモモ社

印刷・製本　株式会社トライ
http://www.try-sky.com

Printed in Japan
ISBN978-4-7505-1713-1

若松英輔の本

本を読めなくなった人のための読書論　一二〇〇円＋税

生きていくうえで、かけがえのないこと　一三〇〇円＋税

言葉の贈り物　一五〇〇円＋税

言葉の羅針盤　一五〇〇円＋税

種まく人　一五〇〇円＋税

常世の花　石牟礼道子
一五〇〇円＋税

詩集　見えない涙
詩歌文学館賞受賞
一八〇〇円＋税

詩集　幸福論
一八〇〇円＋税

詩集　燃える水滴
一八〇〇円＋税

詩集　愛について
一八〇〇円＋税

詩集　たましいの世話
一八〇〇円＋税